취하지 않고서야

"술과 술을 마신 시간들
그리고 함께 마신 사람들에 관한 이야기."

취하지
않고서야

김현경
장하련
재은

시작하며 하련

첫 잔

나는 지금 소주도 아닌 맥주 두 잔에 조금 취했다. 이 글을 시작하기 위해 오랜만에 폴바셋을 찾았다. 굳이 맥주를 먼저 마시고 시작하겠다며 찾은 이곳에서 나는 노트북을 켜둔 채 좀처럼 손가락을 움직이지 못했다. 꽤 오랜 시간을 망설인 것 같다. 마땅한 것이 떠오르지 않아 틈나는 대로 적어두었던 일기와 메모를 들추어내 한참을 읽다 보니 그 시간들이 또렷하게 떠올라서 쓴웃음이 나왔다.

모든 것이 그리움이었다. 질퍽한 삶에 빠져 허덕이느라 잊고 살았던 다양한 크기와 모양의 장면과 감정들이 기포처럼 파르르 떨리며 기억 위로 떠올랐다. 내가 할 수 있고 하고 싶었지만, 차마 전하지 못했거나 몰래 숨겨두었던 말들을 잃었다가 되찾았다 싶은 기분.

나는 술을 좋아하고, 적당히 취기 오른 상태를 좋아한다. 속 불편함 없이 잔뜩 취하는 것 또한 좋아한다. 온전한 정신에는 입술 밖으로 밀어내지 못하는 말들이 셀 수 없이 많아 술의 힘을 빌려 불콰해진 얼굴로 평소보다 조금 더 감정을 이입하거나 쉽게 꺼내지 못했던 진심을 조금 더 힘주어 말하곤 한다. 술은 용기에 바짝 다가설 수 있는 지름길로 쉴 새 없이 나를 밀어댄다. 그래서 술을 마시며 이야기를 적어보려 한다. 전하고 싶은 이야기들이 많아서, 용기가 필요해서. 핑계 한번 좋다.

어찌 되었든 간에, 고민과 용기와 추억을 앓아가며 써 내려간 이 책을 통해 나와 함께 술을 마시던 사람들과 그 시간들을 기억하는 사람들에게 그리고 비슷한 시간을 보냈을 사람들에게 내 마음이 비탈길 없이 온전히 전해지길 바라는 마음이다. 숨김없이 전해지길 바란다. 그리고 내 용기를 알아주었으면 하는 작은 욕심도, 누군가 슬쩍 눈치채주길 바란다. 이 글은 방금 따른 나의 첫 잔과 같다. 이제 막 잔을 채웠다.

목차

· · ·

"더운 숨을 가진 서로의 촘촘한 간격, 따뜻한 눈빛, 내가 좋아하는 헐렁한 네 표정, 아무것도 못 숨기는 나, 한껏 진지하고 가볍고 쉽게 울고 웃는 그 모든 순간."

재은

우리는 늘 아쉬우니까

술 마시면 재미있는 일이 많이 생긴다고 우스갯소리를 했을 때 누군가 자기는 그런 게 싫다고 했다. 맨정신으로 할 수 없는 말과 행동을 술 마시고 하는 게 싫다고. 이 비난 같지 않은 비난에서 어떻게 벗어날 수 있는지는 잘 모르겠다. 술 먹고, 사고 치고, 부모님께 혼나고, 이불을 수십 번 걷어찬 걸 생각해보면 맑은 정신에 못 할 행동을 술 마시고 한다는 게 옳지 않은지도 모르겠다. 물론 순서는 잘못됐다. 내 말은 '당신'이랑 마셔서 좋으니 그게 먼저고, 그러다 보면 어느새 별의별 얘기를 다 하고 있으니까, 술을 마신다는 건 그냥 다른 세계로 가버리는 것뿐이다.

술을 마시는 게 꼭 취하는 걸 전제로 하는 것도 아니다. 불편한 술자리나 재미없는, 가능하면 빨리 헤어지고 싶은 사람과 마실 땐 술맛도 없고 쉽게 취하지도 않는다. 술자리에서 도망갈 핑계 하나쯤 만들기도 어렵지 않다. 나더러 사고를 많이 친다고 말하는 사람들에게는 뻔뻔하게 들리겠지만 내가 당신들을 좋아해서 그렇다는 걸 알아야 한다. 그거 못 본 사람도 많으니까. 자꾸만 한 잔 더 하자는 마음은 그런 거다. 우리는 늘 아쉬우니까, 서로의 모든 게.

어쨌든 내가 대단한 주당은 아님에도 술을 많이 마시는 사람처럼 보이는 까닭은 아마도 양보다는 횟수 때문일 것이다. 누군가에게 애주가라는 말을 들었다. 그렇지만 나는 술을 사랑하는 사람이 아니다. 그냥 술 마신 우리가 조금, 아니 조금 많이 좋을 뿐.

다만 그런 얘길 하고 있었다. 돈이 아깝지 않다고. 나중에 땅을 치고 후회할 액수의 택시비를 친구 대신 냈는데 있지, 그게 하나도 안 아까운 거라. 그냥 한 시간 더 앉아 있은 값인데 뭐, 어제 논 게 하나도 안 후회스러운데 뭐가 아까워. 비싼 술보다는 비싼 관계, 돈보다 중요한 우리의 시간 같은 거지.

이촌에서 술을 마시고 지하철 막차를 타러 일어나기만 하면 됐는데, 그걸 나도 알고 상대방도 알고 내일도 출근

해야 하는데. 나는 언제나처럼 그걸 못해서 막차를 가볍게 제끼고 이내 졸음이 쏟아져 "이제 가자, 너무 졸리다." 했다. 대학생 때 같았으면 죽이 되든 밥이 되든 밤을 새웠을 텐데, 매일 아침 6시에 일어나 회사에 열 시간이나 앉아 있으니 졸린 건 정말이지 참을 수가 없어진 탓에 늘 새벽 1시쯤 꽐라의 위기에서 벗어난다.

꼴랑 한 시간 더 앉아 있고 싶어서 미련하게 멀리 돌아간다. 순천향대학병원행 버스를 타고 가다 빨간 버스로 갈아타는, 집 앞에서 내릴 수 있는 아주 간단한 루트였다. 하지만 눈을 뜨니 성수역이었고, 그때는 당장 자고만 싶어서 택시를 잡았다. 나의 뇌는 아주 단순해져 있던 상태라 목적지가 마음속에 깊숙이 박혀 있어서 "아저씨, 순천향으로 가주세요."라고 말했다. 잠시 후, 다 왔으니 내리라고 하길래 "아저씨, 그냥 집으로 가주세요."라고 했다. 성수에서 우리 집 가는 거나, 성수에서 순천향 가는 거나, 순천향에서 우리 집 가는 거나 그게 그거라 아저씨가 돈 아깝게 왜 그러냐고 하는 말에 나도 어이가 없어 웃고 말았다.

"술 좋아하는 사람들은 역시 술값 안 아껴."라는 말을 듣고 진지하게 생각했다. 그러게. 다른 데 돈 쓰는 건 이렇게 쉽지 않은데 왜 그럴까. "아, 근데 술에 쓰는 게 아니라 사람한테 쓰는 건데." 친구한테는 이 말이 애주가의 워딩처럼 들렸던 모양이다.

나는 사실 술은 별로 안 사랑하고 너네만 사랑해. 물론 술도 좋지. 맛 좋고 쓰고 시원한데 실은 술이 좋아서 술을 마신다기보다 술을 마신 우리가 좋은 거다. 밥을 먹거나 차를 마실 땐 느낄 수 없는 더운 숨을 가진 서로의 촘촘한 간격, 따뜻한 눈빛, 내가 좋아하는 헐렁한 네 표정, 아무것도 못 숨기는 나, 한껏 진지하고 가볍고 쉽게 울고 웃는 그 모든 순간이.

요즘 내가 같이 술 마시길 가장 좋아하는 사람이랑 마시면 그날 무슨 얘기를 했는지 기억이 잘 안 난다. 거나하게 취한 뒷부분만 잊는 게 아니라, 메뉴 고르고 술 한 병 더 받아오고 어떤 게 좋다고 한 그런 것만 기억난다. 대화 대신 상황들만 어렴풋하게 나타났다가 흐려진다. 사실 시시콜콜한 웃음이 오가는 것만으로도 새벽은 야속하리만치 금세 지나가 버리니까 기억할 게 별로 없는 거라. 우리가 무슨 대단한 이야기를 하려고 만나지는 않으니까. 그냥 편하고 좋은 당신과 정말 아무 아무 아무 얘기나 하면서 흘려보내는 시간이 좋은 거다. 그리고 헤어질 때나 다음 날 어젯밤 얘길 할 때 말해, "다음에 또 봐."

술 마시고 긴장이 풀려서 한껏 경계를 낮추고 헛소리

하는 우리를 만나러 간다. 오늘은 그저 술 마셔야 볼 수 있는 네 모습까지 다 보려고 그런다.

현경

구월의 공덕동 막걸리

나는 중학생이 되기 전까지 구구단을 못 외웠다. 지금까지도 잘은 못 외우는 것 같지만 살면서 크게 불편한 적은 없었다. 아버지는 구구단 하나 못 외운다며 나의 지적 능력을 의심하고 나무랐다. 몇 초 만에 칠 곱하기 팔이 무엇인지 답을 못하더라도 '수학'을 잘할 수 있다는 건 나만의 착각이었던 것 같다. 고등학교 2학년, 이과였던 나는 3월이 되자마자 문과를 가기로 결심했다. 이름까지 쓴 생물 교과서를 친구와 교환한 기억이 난다.

하지만 정신을 차려보니 어이없게도 나는 공대에 입학해 있었다(실제로 공대라 불리는 과는 아니었지만, 말하자면 복잡하다). 수능을 치기 싫어 어떤 곳인 줄도 잘 모르면서 가겠다고 한 거였다. 수학과 과학을 잘하는 학생들이 그곳에서 과학기술이란 걸 공부한다고 했다.

이공계 특성화 대학에 문과 출신은 극소수였기 때문에 우리는 모여서 '공돌이'들은 모를 거라며 우리도 잘 모르는 철학이나 문학에 대해 이야기하곤 했다. 실은 자격지심이 있기도 했다. 물론 공부를 하지 않은 탓도 있지만 미적분학이나 생물, 화학 같은 수업의 점수가 워낙 낮아서 모자라고 도와줘야 하는 친구가 되는 게 싫었다. 그때 떠올랐다. 내가 대학에 온 이유는 숫자로 된 점수를 잘 받기 위해서가 아니라, 나와 맞는 친구들과 책을 읽고 이야기를 하고 싶어서였다.

거짓말이 아니라 고등학생 때, 매일 맨 뒷자리에 앉아 책만 읽으며 시간을 축내던 내게 담임 선생님이 "너는 왜 공부를 안 하니?"라고 물었던 적이 있다. 공부를 해봐야 뭐하냐는 내 말에 선생님은 내가 좋아하는 일들을 대학에서 친구들과 함께할 수 있다고 말했다. 그 후로 공부를 하기 시작했다.

나처럼 숫자와 거리가 먼 것 같은 친구들과 자주 학교 근처에서 막걸리를 마셨다. 평생에 다시는 그보다 맛없는 막걸리를 마실 일은 없을 거라 생각될 정도로, 지지리도 맛없는 막걸리였다. 밍밍하면서도 떫은 맛이 났다. 우리 학교 생명공학과인지 어딘지에서 미생물을 어찌어찌해 개발한 지역 막걸리라고 했다. 여느 때처럼 막걸리를 마셔대던 어느 날 새벽 4시쯤, 우리는 철학을 공부하는 동아리를 만들기로 했다.

동아리에 함께하고자 한, 군대를 다녀온 스물두 살 선배들은 다리를 꼬며 동아리는 무릇 이래야 한다고 말해주었다. 동아리는 대단한 걸 하는 게 아니라 맘 맞는 사람들끼리 술을 마시는 집단이라고 말이다. 그렇게 우리는 모여서 어려운 책을 읽고 어려운 영화를 보고 토론을 했다. 방송국 PD가 되고 싶다던 영화광 선배는 우리에게 '클리셰'나 '오마주' 같은 단어들과 토론 거리를 던져주었고, 공대 공부마저 잘하던 언니는 『진중권의 서양미술사』에서 읽은 미학에 대해 설명해주었다.

한창이던 '인문학' 열풍이 지나갔다. 동시에 동아리 활동은 시들해졌고, '고전'을 읽는 것보단 코딩 능력이 사회에서 인정받는 스펙이 되었다. 동아리의 구성원과 활동은 모두 바뀌었고, 그때의 우리는 대부분이 학교를 졸업하여 직장인이나 대학원생이 되었다.

직장인이 된 선배들, 다리를 꼬고 동아리라는 것에 대해 설명해주고, 영화와 미학에 대해 알려주던 선배들과 얼마 전 술을 마셨다. 유명한 회사 건물들이 즐비한 공덕동에서 만났다. 공덕 시장에서 족발도 먹고 개당 얼마씩 하는 튀김을 골라다 먹기도 했다. 다양한 막걸리를 파는 전집에서 '공덕동 막걸리'라는 이름의 막걸리도 마셨다.

그날 만난 선배들은 이제 영화니 철학이니 문학이니 하는 이야기를 하지 않았다. 대신 연봉과 세금과 차와 집값에 대해서만 이야기했다. 가끔 다른 주제랍시고 상사에 대한 욕, 이직이나 퇴사에 관한 이야기를 했다. 회사에서 하는 일이 너무 힘들어서일까. 사실상 백수였던 나는 대화에 끼지 못했으나, 내가 어디서 주워들은 주식 이야기를 할 때는 선배들이 귀를 기울여주었다.

공덕동 막걸리는 학교에서 마시던 생명공학 어쩌고 하는 막걸리보다 분명 맛있었을 테지만, 어쩐지 그날만큼은 맛이 없었다. 공덕동 막걸리가 슬펐다. 공덕이라는 지명마저 미웠다. 예전처럼 선배들이 "이번에 나온 그 영화 봤어? 진짜 명작이야. 그 장면도 봤지? 사실 그 감독이 어떤 영화 팬이라 오마주한 장면인데." 하며 설명해주길 바랐다. "요즘 무슨 책이 인기가 많아?"라고 물어주길 기대했다.

잊혀간, 하지만 또렷이 기억하는 대학생 때 그렸던 꿈 따위의 단어들은 '현실'적인 이유로 그 누구의 입에도 담기지 못한 채 뭉뚱그려졌다. 이제는 해서는 안 될 이야기였다. 그날의 공덕동 막걸리는 너무 맛이 없어서 나는 집으로 돌아가는 길에 모두 게워냈다.

하련

가을과 겨울 사이 포장마차

하늘을 가린 천막 위로 떨어지는 빗소리가 후두둑 후두둑. 때마침 가을과 겨울이 맞물려 헐떡이는 숨을 뱉어낼 때마다 새하얀 입김이 구름이 되어 떠돌았다. 접은 우산에 매달린 빗물을 털며 빈 의자를 찾는 눈을 좇아 뒤따라 걸었고 손가락으로 가리킨 끝자락에 앉았다.

“뭐 먹을래? 밥 안 먹었지? 그럼 이거 두 개 시키자. 저기요, 순대볶음이랑 닭똥집 하나 주시고요. 소주 하나 주세요.”

포장마차 한 켠에 둔 낡은 난로에서 스멀스멀 흘러나오는 기름 냄새가 아주머니의 투박한 손에 들린 접시와 주걱 사이사이를 헤집으며 한참을 기어다녔다. 달라붙은 나무젓가락을 조심스럽게 떼어내는 찰나의 표정이 우스꽝스러워 까르르 웃었다. 플라스틱 그릇에 담긴 오뎅 국물에서 김이 모락모락 피어올라 그 온도가 대충 가늠이 되었는지 수저로 한술 떠서는 호호 불어 입술에 갖다 댔다. 요란한 빗소리가 흥겨운 옛 노래처럼 들려와 제멋대로 노래를 부르며 손톱 끝을 세워 테이블을 탁탁, 두드렸다. 시작부터 눈이며 코며 입, 귀 모든 것이 좋았다.

술에 취하는지, 빗소리에 취하는지, 지금 내가 앉아 있는 여기가 어디인지, 지금이 몇 시인지. 아, 오늘이 무슨 요일이었더라. 우리가 어떤 대화를 하려고 이곳에 왔던가. 온갖 똥폼을 다 잡고서는 진지한 대화를 하겠다고 찾은 이 포장마차에서 우리는 결국 목적을 잊고 취했다.

시계를 보지 않았다. 우리가 포장마차에 앉아 얼마만큼 시간을 보냈는지 가늠할 수 있는 건 늘어난 빈 술병과 느슨해진 발음뿐이었다. 우산을 접고 포장마차 천막 사이로 들어오는 사람들을 따라온 빗물이 바닥에 고여 얕은 도랑이 되었다. '곧 거친 겨울이 들이닥쳐 그 도랑은 꽁꽁 얼겠지' 하고 생각하니 발가락 끝이 얼얼해졌다. 우리는 비틀거리는 걸음을 정돈하고 난로 가까이 의자를 옮겨 서로의 어깨를 맞대고 앉아 얼얼한 발가락을 내밀어 온기를 나누어 가졌다.

"마지막으로 딱 한 병만 마시자." 주문한 맥주 한 병을 서로의 잔에 가득 채워주고는 경쾌하게 잔을 부딪치며 알싸해진 목구멍을 씻어냈다. 비는 조금 더 세차게 내렸고 우리의 대화는 빗소리에 감춰져 가까이 전해지지 않았다. 말없이 잔에 남은 맥주 한 모금을 마셨다.

재은

서로의
인생에
스미는

퇴사 당일. 오후 3시쯤 근 2년 만에 연락해온 사람이 있었다. 꼭 우연처럼, 때마침, 이런 날에 연락을 하다니 웃음이 나왔다. 퇴근길에 지하철에서 답장을 했다. 나 지금 마지막 퇴근하는 길이라고. 그는 안 되겠다, 조만간 술 한잔하자고(조져야겠다고 표현) 했다. 길게 끌면 퇴사를 기념하는 의미가 흐려질 수 있다고 걱정하는 그를 위해 나는 바로 다음 날을 제안했고, 그는 2년 전 함께 봤던 다른 선배를 물어왔다.

단합이 이렇게나 좋을 일인가 싶은 퇴사한 백수 셋이라니, 뭔가 바람직한 20대 후반과 30대 초반의 모임이라는 생각이 들었다. 인생이 이렇게도 아무렇게나 살아지는구나 싶어서. 술에 취해 낄낄거리던 찰나의 순간이 지나가면 또 우울에 빠질지도 모르지만, 역시 부족하고 망가진 것들이 가장 행복하게 웃는다. 이 이상 행복할 리도 없으니.

멀리서 봐도 변한 것 하나 없는 그들을 보니 다시 웃음이 났다. 언제까지 이렇게 똑같을 작정인 건지. 셋 다 아무거나 괜찮다 해놓고 나의 메뉴 제안은 다섯 번이나 고사되었다. 마른 애 셋은 뭘 먹어도 상관은 없으나 메뉴 결정력은 매우 떨어져서 거리를 한참 돌다가 중국요리로 겨우 합의를 봤다. 주종은 소주. 가장 마른 애는 탕, 나름 건장한 애는 고기, 그 사이의 어디쯤인 애는 가지튀김을 골랐다.

당신들이 달라진 것 하나 없다 느껴졌던 이유는 서로에게 늘 여전하기 때문이었을 뿐, 우리를 둘러싼 환경은 분명 2년 전과는 달랐다. 대책 없고 나른한 사람들이라는 사실은 여전했지만 조금 더 사회에 편입되었고, 걱정해야 할 일들이 조금 더 많아져 있었으며, 안부를 묻는 일이 뜸해지고 있었다. 안주와 소주가 알맞게 떨어진 타이밍에 우리는 자리를 털고 일어났다. 최근까지 월급쟁이였던 애가 우겨서 술값을 계산하고 오락실로 갔다. 2년 전 그때처럼 농구 게임을 한판하고 스티커 사진을 찍었다. 농구도 저번보다 잘했고, 스티커 사진도 전보다 잘 나왔다. 아마 술기운으로 아드레날린이 솟은 덕분이겠지만, 지금의 우리가 그만큼 더 좋아진 거라면 좋겠다는 생각을 했다.

2차는 우후죽순 생겨난 일본식 포차였는데, 가볍고 양 적은 안주가 많다는 점에서 쉽게 선택할 수 있었다. 어차피 주종은 소주. 안주는 많이 못 먹는 인간들이었다. 이런 사람들의 약점은 소위 안주발이라는 기술을 쓸 수 없다는 건데, 덕분에 막차 타고 집에 가겠다던 둘은 언제까지고 내 맞은편에 앉아 있을 기세였다.

우리는 스티커 사진을 찍어놓고도 또 사진을 찍었다. 아침에 일어났을 땐 이미 그랬다는 사실조차 다 잊어버렸는데, 나중에 휴대전화 사진첩을 열자 졸린 눈을 한 내가 브이를 하고 있어서 새삼스럽게 그날 우리가 정말 즐겁긴 했구나 싶었다. 몇 년 치 사진을 긁어모아도 제대로 얼굴 나온 사진 몇 장 찾기가 어려운 인간이 난데.

무슨 이야기가 2년 만에 만난 사람들을 평일의 막차가 끊길 때까지 오래도록 앉혀놓았을까. 또 그들은 몇 병어치의 고민을 그렇게 털어놨던 걸까. 도돌이표의 늪에 빠진 것처럼 똑같은 말을 반복하던 대화의 마무리는 서로의 결혼식에 가자는 이야기였던 것 같다. 하나는 결혼을 하고 싶어 했고 하나는 결혼할 사람이 있어야 결혼을 한다는 주의였는데, 나머지 하나인 염세주의자는 결혼을 안 할 거라고 못을 박길래, 그래도 내가 결혼하면 꼭 오라고 하니 3만 원 내고 온 가족을 다 데려가서 식사할 거라고 으름장을 놨다. 어차피 안 그럴 거면서.

나는 아마 여태까지 전혀 알지 못했던 당신들을 보는 게 신기해서 그 자리를 못 떠났던 것 같다. 내 술자리가 끝나길 기다리는 사람이 있었는데도 차마 들썩이는 엉덩이를 티 낼 수가 없었다. 마주 앉은 서로의 인생에 점점 스며들고 있다는 느낌이 들 때 우리는 울리는 휴대전화도, 한쪽 팔만 아리도록 추운 에어컨의 바람도, 자꾸만 감기는 눈도 참아낸다. 아무것도 지금 우리가 가는 방향을 틀게 하지 못하도록, 막 선명해지기 시작한 오늘이 내일이면 다시 흐릿해지고 말 미완으로 끝나지 않도록 난 최선을 다해 그저 자리를 지키고 앉아 있었을 뿐이다.

하련

가난의 행복을 잊고 마신 술

우리는 돈이 없었다. 새내기들의 단골 안주는 포장마차 떡볶이였고 가끔 학생식당의 백반이기도 했다. 생활방에서 끓인 라면과 집에서 보내줬다는 열무김치. 가끔은 편의점에서 사 온 과자 혹은 돈을 모아 주문한 짜장면과 탕수육. 대학생들을 상대로 저렴하게 팔던 '호남식당' 감자탕. 이름은 장어구이 집이면서 한 냄비 가득 내어주던 김치찌개.

추위도 더위도 멀찌감치 달아난 별 좋은 날이면 술집보다는 노천극장에 앉아 마시는 술을 더 좋아했다. 낮이든 밤이든 둘이 되면 술을 마셨고 시간이 흐르면서 둘에서 셋, 넷, 다섯이 되기도 했다.

가끔 졸업한 선배들이 동방에 들르는 날이면 소고기 다타키를 파는 이자카야에 데려가 주기도 했고, 아주 가끔 어둡고 고급스러운 술집에서 값이 제법 나가는 독한 술을 얻어먹기도 했다. 겨우 받은 용돈을 십시일반 모아 제일 싼 백반과 김치찌개 하나에 소주 한 병을 시켜 먹던 우리는, 물질적으로는 가난했지만 텅 빈 지갑 때문에 고난이나 시련 따위를 겪는 일은 없었다. 사람들과 부대끼며 종이컵에 대충 따라 마시는 소주 한 잔만으로 우리는 충분했고 풍족했다.

시간은 생각보다 재빠르게 훌훌 넘어갔다. 새내기를 지나 대학을 졸업하고 회사에 취직했다. 서른 살이 훌쩍 넘어버렸다. 지갑에는 현금과 신용카드가 제법 그럴싸하게 채워졌다. 이도 저도 아닌 탐욕에 빠져 허우적대며 긁어댄 할부 결제로 빚진 인생이 시작되긴 했지만, 더 이상 종이컵에 소주를 마실 일은 없어졌다. 그렇게 지나버린 가난의 행복을 잊고 술을 마시게 되었다. 행복을 잃어 가난해진 기분이었다.

값비싼 안주를 얻어먹고 값비싼 술을 받아 마시면서도 무미건조하게 오가던 대화는 각박한 사회의 벽과 한계에 부딪혀 답 없는 쳇바퀴처럼 쉴 새 없이 헛돌았다. 도무지 이해하기 버거운 논리를 펼쳐대는 상대방의 말을 넉살 좋게 받아치면서 잔이 빌 틈이 없도록 술을 따르며 앉아 있던 술자리에서 얻어가는 건 숙취와 피로 누적뿐이었다. 끊어진 대화를 이어 붙이고, 부러진 마음을 접붙이고, 이왕이면 다 함께 행복하게 살자며 마시던 그 술이 이제는 서로의 신세 한탄과 녹록지 않은 삶의 원망을 토로하기 위해 마시는 술로 용도가 변질되었다.

과자 부스러기가 전부인 안주를 펼쳐놓고 바닥에 주저앉아 함께 술잔을 들고 노래를 부르던 가난의 행복을 우리는 잊은 걸까, 애써 외면한 걸까. '어른이 되고 직장인이 되면 다 그런 거지. 다들 그럴 거야.'라며 웃어넘기기엔 그렇게 길지도 않았던 잠깐 사이에 우리의 신분과 환경과 마주 앉은 사람이 달라졌다. 술을 찾는 이유와 방향이 명확하게 틀어졌다.

찌꺼기처럼 남은 기억의 조각들을 줍다가 코끝을 찡그리며 울컥하는 마음을 다스려야 하는 날은 수시로 찾아왔다. 자비를 덜어내고 냉정함을 더한 어른이 되어버렸다. 원치 않던 어른의 모습이 나에게 빠짐없이 스며들었다.

투명하게 반짝이던 술잔 안에 뿌연 앙금이 휘몰아쳐 엉망이 되었다. '맥주 마시러 노천 나가자.' 그 말이 단순한 추억을 넘어선 사무치는 그리움이었던 걸 참 몰랐다. 내가 그렇게 오만한 삶을 살았다.

현경

시월의 청하

언젠가부터 친구 놈과 청하를, 아니 청하만 마시기 시작했다. 언젠가가 언제인지는 정말이지 기억나지 않는다. 우리는 스스로를 '청하 중독자'라 칭하며 함께 술을 마시는 모두에게 청하를 권했다. 청하를 잘 마시지 않던 이들도 한 잔 마시고 나면 "괜찮네요?"라고 말했다. 그럴 때마다 우리는 뿌듯한 표정으로 끄덕이며 "역시 청하야."라고 했다. 청하는 소주보다도 500원이나 비쌌지만, 우리는 저렴한 안주를 시키고 청하를 더 많이 마시는 쪽을 택했다.

그 친구 놈은 나보다 한 살이 많은 학교 선배이지만, '선배님'이라는 호칭보다 '놈' 자를 붙이는 편이 익숙하다. 그를 처음 알게 된 건 학교 마지막 수업에서였다. 흡연자가 유독 적은 우리 과에서 수업이 끝나면 매번 다른 문, 그러니까 흡연 구역으로 가는 작은 문으로 향하는 건 우리 둘뿐이었다. 오후 수업이었음에도 냉장고 바지를 입고 잠이 덜 깬 모습으로 수업을 오거나, 그마저도 늦거나 자주 오지 않는 그 수강생이 궁금해졌다. 나도 비슷한 모습이었으니 말이다.

함께 맥주를 마시던 날 친구 놈은 "너는 나와 비슷한 인간인 것 같아."라고 말했고, 나는 소설가 김연수의 말을 빌려 "'같은 재료로 만들어진 사람' 같아요."라고 말했다. 정말 '같은 재료'로 만들어진 것이 맞았는지 언제나 비슷한 얘길 했고, 소줏집에서 시집을 읽거나 책 판형에 대해 이야기하거나, 별말 하지 않아도 술자리는 즐거웠다. 즐거웠다기보다는 편했다.

함께 술을 마실 만한 아는 이들이 얼마 없기도 해, 우리는 대부분 둘이서 술을 마셨다. 가끔 아주 세심하게 지인들을 골라 소개해주었다. '내가 싫으니 너도 이 사람이 싫을 거야.' 혹은 '내가 좋으니 너도 이 사람이 좋을 거야.' 하는 식이었다. 실로 그랬던 것이 그가 싫어하는 사람이 있는 술자리에 오지 말라는 데도 기어코 찾아갔다가 그 사람 때문에 며칠을 화가 난 적도 있었고, 언제 꼭 한번 소개해주고 싶다던 술친구는 내가 더 자주 만나고 있다.

어느 정도 지인들에 대한 정보가 생기면 우리가 좋아하는 이들을 술자리에 불렀다. 한두 번 술을 마셔보고 맘이 맞으면 자주 술자리에 부르곤 했다. 그마저도 두셋에 불과하다. 재미도 말수도 없는 사람들끼리 모여 무슨 말을 그리 하는지 술자리는 항상 길었다. 영원히 이렇게 함께 시간을 흘려보내며 술만 마셔도 좋을 것 같은 사람들이었다.

그래도 단연 둘이서 술을 마신 날이 훨씬 많은데, 몇 달간 이어진 그 술자리에서의 '청하 시나리오'는 이랬다. 가장 자주 간 곳은 종로 젊음의 거리 어느 지하에 있는 일식 주점. 술집에 앉으면 메뉴판을 볼 필요도 없이 청하 한 병과 계란탕을 주문한다. 뚝배기로 된 계란탕이라 두 개를 시켜 각자 먹는다. 그리고 보통 계란탕이 오기 전에 청하 한 병을 다 마시는 편이었다. 청하는 기본 안주인 저렴한 뻥튀기와 먹어도 맛있다. 공복에 마셔도 그리 역하지 않고 오히려 청하 고유의 향을 더 깊이 느낄 수 있다. 화학물질 냄새가 나는 싸구려 소주와는 비교할 것이 못 된다. 그리고 계란탕이 테이블에 놓일 때, 두 병을 더 주문한다. 청하는 병이 작기도 하고 독하지 않아 아주 빨리 줄어들었기 때문에, 두세 병씩 시키는 것은 종업원에 대한 우리 나름의 배려였다.

다른 이들과 함께 마실 때에는 주로 재미있고 흥미로운 이야기를 했지만, 둘이서 청하를 마실 때면 항상 둘 다 누군가를 그리워했다. 물론 각각 다른 이였고, 보통 지나간 이가 아닌 보통 잘 알지 못하는 이들에 대해서였다. 친구 놈은 청하를 한 잔 마시곤 언제나 그 잘 알지 못하는 누군가가 보고 싶다는 말을 자동으로 뱉었다. 한숨처럼 "보고 싶다."라고 말했다. 우리가 유일하게 달랐던 점은 그때마다 나는 "보고 싶으면 보자고 하면 되잖아." 라고 말했고 그는 안 된다는, 두렵다는 이야길 한참 동안 했다는 것이다.

그렇게 한 번은 친구 놈이 앓고 한 번은 내가 앓고, 그 다음엔 함께 담배를 태웠다. 앓는 시간을 담배를 태우는 시간으로 끊어내야 했기 때문에 우리는 흡연 구역 가까이에 있는 자리를 선호했다. 우리의 청하는 매번 잘 알지 못하는 이들과의 아직 없는 시간을 그리워하게 하는 매개체였다. 친구 놈의 상대는 늘 같은 사람이었지만 나의 경우에는 그 대상이 자주 바뀌었다. 언젠가는 우리와 함께 술을 마셨던 누군가이기도 했고, 또 언젠가는 활자로 찍힌 문장들이나 그림들이기도 했고, 그와 마찬가지로 생면부지의 누군가이기도 했다. 나는 그를 따라 그들에게 "보고 싶다."라는 말을 붙였다. 그저 보고 싶다, 보고 싶다 하다 보면 비워진 청하 병은 한 상 가득 놓여 있고, 결론도 다짐도 전개도 없이 그렇게 알 수 없는 미래만 지향하며 술자리를 마치곤 했다.

그렇게 청하에 집착하며 마시기 시작한 게 얼마나 되었는지 모르겠다. 나는 주로 조언을 하는 편이었지만 친구 놈은 조언을 해봐야 듣지도 않을뿐더러, 내가 조언을 구해도 이렇다 할 답을 내놓은 적이 없다. 나는 그게 항상 답답했지만 청하를 함께 마실 친구가 있다는 사실만으로 다행이었다.

하련

너니까 여기 같이 온 거야

내 글을 읽은 어느 지인의 평가는 이러했다.

"너 되게 잘 먹고 잘 마시면서 산다."

아무렴. 약 14년의 시간 동안 내가 마신 술이 얼마큼인데. 어렸을 적엔 주는 대로 술을 받아먹었는데, 머리가 크고 다양한 사람들을 만나 다양한 안줏거리를 접하고 나서 술은 부어라 마셔라 하는 것보다 이왕이면 맛있는 걸 앞에 두고 즐겨야 참맛을 느낄 수 있다는 걸 알았다.

덕분에 나는 사람들과 약속을 잡기 전부터 손가락이 요란해진다. 우리가 선정한 약속 장소 근처에 맛있다 하는 가게를 검색하는 일부터 자처해서 시작한다. 누구를 만나냐에 따라 주종은 바뀐다. 상대방의 분위기와 취향을 존중해서 소주를 마실지 와인을 마실지 맥주를 마실지 정한다. 생각해둔 가게의 조명 밝기를 따져보기도 하고, 사람이 붐비는 소문난 맛집보다는 골목에 숨어 있는 작은 가게를 찾아보기도 한다.

아껴둔 가게는 행여나 남에게 들킬까 꽉꽉 숨겨두었다가 함께하고픈 이들을 아낌없이 데려가는 쏠쏠한 재미 또한 내가 놓칠 리 없지. 나는 약속 상대방의 취향을 고려해 고른 가게에서 그럴싸하게 만들어진 음식을 먹고 만족스러워하는 상대의 모습을 보는 쾌감이 좋아서 이왕이면 노력해서 맛있게 술을 먹고 싶은 거다.

내가 당신을 얼마나 좋아하는지

맛있는 음식뿐만 아니라 술을 좋아하는 사람이라면, 더군다나 그 사람이 내가 정말 좋아하는 사람이라면 어김없이 연남동 골목에 있는 '바라티에'를 데려가곤 했다. 나는 보통 굴라시, 메를루쪼, 라구파스타를 추천하거나 주문했다.

소주도 좋고 맥주도 좋고 와인도 좋다. 이왕이면 나는 소주나 와인. 말로는 너도 그랬으면 좋겠다고 하면서도 너는 파스타에 마시는 소주를 좋아할 거라는 걸 이미 계산해 둔 후라서 별걱정은 하지 않는다. 나와 함께 그곳에

간 사람은 내가 당신을 얼마나 좋아하는지 알아야 한다.

주당이 되는 법

몇 년이 흘러버린 꽤 오래전 일이긴 하지만 동네 단골 참치집이 있었다. 예약전화를 하는데 사실 원래의 목적은 미리 소주 세 병 정도를 냉동고에 넣어달라고 부탁하는 일이었다. 냉동고에서 매섭게 차가워진 소주 세 병을 마시고 집으로 돌아갈 거라 예상했던 술자리에서 빈 병이 다섯 병이 되는 역사는 그리 어렵지 않게 경험할 수 있다. 기름기가 도는 매끈한 참치살에 그 차가운 소주를 다시 마셔보고 싶다. 진짜로. 소주가 그리운 맛이 될 거라고는 생각도 못 해봤는데.

바다에서는 바다를

제주도에 가면 전복뚝배기를 먹어야 한다는 둥 해장국을 먹어야 한다는 둥 말이 많지만, 나는 회를 먹어야 한다는 일념으로 위미항 활어회 센터를 찾았다. 분위기도 중요하다지만 나름 저렴한 가격으로 수북한 양에 질 좋은 회를 먹는 게 얼마나 큰 복인지 다들 알아야 한다. 쏟아지는 가을 햇살에 등짝을 따땃하게 데워가며 마시는 낮술과 고등어회 몇 점으로 의자 다리를 부수는 괴력까지 얻게 될 것이다.

바다에 왔으니 바다를 먹고 가는 건 당연한 거다. 같은 생각이라면 비행기를 타기 전 제주시에 있는 '일통이반'에 가면 참 좋겠다. 그곳에 다녀오면 성게가 품은 바다 내음을 입안 가득 머금고 육지로 돌아올 일만 남는다.

이왕이면 맛있는 거

딱히 정해진 곳이 없어 어디 갈지 고민할 때, 내가 이자카야를 고르는 이유는 이왕이면 맛있는 것을 먹고 싶어서이다. 이자카야는 고를 수 있는 메뉴가 많아 호불호가 적다. 그래서 내가 먹고 싶은 거, 네가 먹고 싶은 거 하나씩 무난하게 고르고 무난하게 술을 마시기도 좋다.

경복궁역 근처 세종마을 음식문화거리 골목에 가면 있는 '경성상회'에 아보카도와 연어가 어우러진 메뉴는 끝장나게 맛있었다. 가끔 생각나서 찍어둔 사진을 꺼내 보곤 한다. 기억에 청하와 제법 잘 어울렸다. 물론 소주랑도 아주 잘 어울리겠지. 이왕이면 테이블보다 다찌에 앉아 연어 써는 것도 보고 우동 끓이는 것도 보면 좋다. 눈은 즐겁고 배는 더 고파지고.

서교동 '스미즈미'는 시메사바 하나를 위해 무작정 찾아간 곳이었는데 알고 보니 사케 전문점이었다. 소주도

팔기 때문에 문제 될 건 없었다. 기대했던 시메사바는 물론이거니와 단새우회도 정말 맛있었다. 사실 이것들은 맛이 없을 수 없는 안줏거리인데, 모치리도후로 입가심하며 마지막 한 병을 딱 비우면 '여기가 천국이구나' 싶어질지도 모르겠다.

뽀얀 국물에는 칼국수 사리

술은 늘 마시고 싶지만 겨울에는 유독 소주가 생각난다. 따끈한 국물에 소주 한 잔. 아, 얼마나 좋은지 몰라. 따끈한 국물을 고르는 것이 관건이다. 나는 새빨간 국물보다는 맑거나 뽀얀 국물이 좋다. 오뎅탕도 좋고 모시조개탕도 좋다.

'이화수 육개장'에서 파는 수육전골은 계절을 가리지 않고 찾는 안주 중 하나인데 술이고 밥이고 거침없이 들어가서 위험 수위를 넘나들긴 하지만, 고기며 버섯이며 말캉해진 마늘까지 마음에 들지 않는 구석이 단 한 군데도 없다. 칼국수 사리를 시켜 마지막 한 병 딱 마시면 그 술자리의 만족도는 더 높아질 것이다. 내가 그랬으니깐.

바람 부는 그 밤에, 하몽

오래전에 소개팅으로 만난 남자가 좋은 술집이 있다며

어느 가게에 데려갔는데 때마침 문을 닫았던 기억이 있다. 위치를 보니 그곳이 아닐까 싶다. 다른 누군가를 통해 알게 된 곳인데, 날이 좋은 밤이면 서머셋팰리스 1층에 있는 '더 키친 살바토레 앤 바'에 그렇게 가고 싶어진다. 꽤 넓은 테라스에는 테이블이 여럿 마련되어 있어 옆 테이블 염려 없이 내 세상이다 하고 그 밤을 만끽할 수 있다. 하몽을 곁들여 와인이나 칵테일을 마시면 사랑에 빠지기 참 좋을 것 같아서, 사실 여긴 남자랑 단둘이 가보고 싶은 마음이 있다. 왜 늘 여자뿐인지 몰라.

혼자 마시는 게 별거 아니라서

둘, 셋이 모여 술 마시는 걸 좋아하지만 나는 혼자 마시는 술도 좋아한다. 요즘은 혼자 술을 마실 기회가 잘 없긴 한데 혼자 술을 마셔야겠다 싶으면 찾는 곳이 있다. 예를 들면 합정동 '크래머리 펍'이라든지 서교동에 있는 '심스타파스'라든지. 혼술할 곳을 찾는 지인들에게 종종 권하는 곳들이기도 하다.

크래머리 펍은 다윗 한 잔 주문해놓고 테라스에 앉아 책을 읽어도 좋고 글을 써도 좋고 멍 때려도 좋고, 뭘 해도 좋다. 어차피 무리로 온 손님들은 내 등 뒤에 있으니까. 심스타파스는 둘이 갈 때도 많지만 혼자 가도 먹을

게 참 많아서 배고플 때 가면 지출하는 돈만큼 다양한 음식을 맛볼 수 있다. 타파스 샘플러도 좋고, 게살피자도 맛이 좋다. 여전히 입이 심심하다 싶으면 하몽을 주문해도 좋다. 혼자 맥주 한 잔, 와인 한 잔 마시고 나면 알딸딸해지는데 먹고 싶은 게 많아서 와인 한 잔 더 마실까 하다가 말한 것처럼 지출하는 액수가 상당해진다. 하지만 몇 번의 경험상 만족스러운 얼굴로 신용카드를 꺼내 드는 건 일도 아니게 되더라.

그 외에 막걸리를 마시고 싶다고 하면 '학술적연구소'를 간다든지, 영화 「소공녀」에서 주인공 미소가 매번 마시는 글렌피딕을 마시려고 찾아갔던 '텐더바'라든지, 거침없이 쏟아지는 비에도 아랑곳 하지 않고 파라솔 아래서 구워 먹었던 성수동 '한성갈비집'이라든지. 좋아서 잊지 않기 위해 적어두고 다음번에는 누구랑 갈까 고민하는 이 맛에 산다고 해도 과언이 아니겠다.

술을 좋아한다는 건 사람을 좋아한다는 뜻이기도 하다. 나는 술도 좋고 사람도 좋아서 그 사람과 마시는 술이 맛있으면 좋겠고 곁들인 안주도 맛있으면 좋겠다. 서로가 만족스럽게 취해 우리가 나누는 이야기의 틈이 좁혀지면 더더욱 좋겠다. 내가 당신들과 함께 마시고 취하기 위해 이렇게나 노력한다는 걸 알아주면 좋겠다. 이건 내가 진짜 당신들을 좋아해서 그러는 거다.

재은

우리 어제 어떻게 들어왔지?

태어나서 함께 술을 가장 많이 마신 사람을 꼽자면 아직까진 굳이 세어보지 않아도 너. 술자리에 함께 있었던 횟수 1위, 내 뒤치다꺼리 횟수 1위, 서로의 새벽을 가장 오래 채운 사이. 무엇보다 너의 특징은 나와 술을 마시면 어김없이 잠을 잔다는 거다. 나하고 마시다 취한 게 아니더라도 너는 어느 정도 취하면 잠을 이기지 못했다. 이건 주사는 아니고 그저 몸이 스스로 불을 꺼버리는 건데 나로서는 정말 부러운 유형이다.

오전 6시에 일어나 출근을 하고 저녁에 술을 마시는 직장인의 삶이 시작되고부터는 나도 네가 왜 그러는지 알 것 같다. 흥분 상태가 피로도를 넘어서지 못해서 이제는 나도 몇 가지 주사가 고개를 쳐들기도 전에 잠을 자러 집에 가버리기 시작했다. 다만 너는 나와 있을 때 유난히 자주 잠이 들어서 나는 매번 아쉬운 소릴 한다. 왜 나한테만 그래?

둘이 술을 마시다 네가 잠이 들고 나면 나는 딱히 할 일이 없어서 가만 앉아 있는다. 그때쯤엔 나도 그다지 멀쩡한 상태가 아니고 어쨌든 너를 지켜보고 있어야 해서 딱히 할 만한 일이 없다. 만약 네가 조금 웃긴 모습으로 잠든다면 사진이나 영상으로 남겨놓고 남은 술과 안주를 홀짝거리며 '얘가 깨어나면 집에 가야지.' 생각한다.

몇 년 동안 그런 무수한 밤들이 있었다. 그런 밤을 또 하나 만들려고 바다에 가기로 한 날, 그러니까 그날은 박근혜 전 대통령의 탄핵이 현실로 이루어진 날이었고 우리는 부산 가는 밤 버스에 몸을 실었다. 자정쯤 해운대에 도착했다. 일단 배부터 채우자고 가볍게 맥2, 소1에 곱창전골을 먹었다. 배를 두드리며 나오니 낮게 깔린 새벽 공기가 그제야 비린 바다 냄새를 풍겼다. 다만 본디 술망진창인 우리는 일부러 바다에 와놓고도 바닷가는 내일로 미뤄두고 한잔 더 하러 해운대 거리를 헤맸다. 이날도 어김없이 어중간한 새벽 무렵에 너는 잠들었다. 나는 남은 술을 마시고 남은 안주를 먹고 가만 앉아 있다가 인제 그만 눕고 싶어져 너를 깨웠다.

금요일의 해운대 찜질방이 으레 그렇듯 관광객인지 동네 주민인지 모를 사람들로 가득 차 있어서 우리는 겨우 자리를 비집고 들어가 지친 하루를 누였다. 해가 뜨고 직원들이 청소를 한다며 홀에서 자던 사람들을 방으로 몰아넣자 우리는 갈 곳 없이 헤매는 꼴이 됐다. 근데 나는 그냥 너랑 내가 지금 이렇게 대학을 졸업하고도 계속 망나니처럼 지낼 수 있어서 그게 좋기만 한 탓에 구석의 방으로 터덜터덜 밀려나면서도 미소가 피었다. 그렇게 충동적일 수 있다는 행운, 앞뒤 잴 줄 모르는 시간을 함께하는 너랑 내가 좋아서 허접하고 불편한 잠자리를 누비면서도 초라하다는 생각은 전혀 들지 않았다.

우리는 6년 전에 왔었던 밀면집에서 해장을 하고 바닷가로 향했다. 바다는 여전히 안녕했고 우리는 햇살이 기분 좋게 누운 해변을 걷다가 어느 루프탑 카페로 올라갔다. 푹신한 소파에 나란히 누워 바다 조망을 막는 엘시티 공사 현장을 낭만적이라 말했다. 추워서 다시 알코올샤워를 하러 가자 의기투합할 때까지 몇 시간 동안 마냥 그러고만 있었다. 기분을 좋게 할 이유가 전혀 없는 공사 현장을 마주하고도 우리는 근래 들어 최고로 평온했다. 사실 그 앞에 뭐가 있었는지는 중요하지 않았다. 나른한 오후를 말없이 솔솔 부는 바람에 멍하니 맡기는 시간이 우리가 부산에 내려온 이유였다. 일상의 먼지를 털어내고 너랑 내가 전처럼 눈치 없는 시간을 보내는 것.

우리는 해운대 거리를 헤매다 식사 후에 갈 술집을 정해두고 장인의 숨결이 깃든 듯 비장한 간판의 중국집에 들어갔다. 짬뽕에 볶음밥을 시키고 화교로 보이는 주인 아주머니에게 "반주로 뭐가 좋을까요?" 하고 물었더니 말없이 'C1'을 올려주셨다. 그렇게 소주로 시작한 우리는 모래사장을 몇 번쯤 더 밟아보고 미리 골라두었던 술집에 갔다.

주문할 때 이건 뭐냐고 물었던 칼라만시 보드카를 말없이 슬쩍 테이블에 올려두고 가는 사장님이 좋아, 바에 있던 손님들이 다 빠진 뒤 우리는 사장님 앞으로 자리를 옮겼다. 러시아에서 유학을 했었다는 사장님은 술이 좋아서 하던 일을 접고 고향에 바를 차렸다고 했다. 러시아에서 술을 얼마나 마셨는지 은근히 자랑하던 사장님을 보며 고개를 끄덕일 수밖에 없었는데, 그도 그럴 것이 딱 사장님 어깨에 걸리는 선반 위 별의별 술병들이 꼭 어깨를 으쓱할만한 훈장 같아 보였기 때문이다.

술잔이 맞닿은 밤이 깊어가고 우리 옆자리 진상 손님까지 나가고 난 뒤엔 사장님이랑 우리만 남아 함께 술을 마셨다. 술 좋아하는 사람이 으레 그렇듯 술 좋아하는 손님들이랑 좋은 술을 나눠 먹고 싶었을 사장님이 이건 뭐다 저건 뭐다 나눠주는 위스키와 보드카를 한 잔 두 잔 마시다 보니 어느새 네가 자고 있었다.

"저기 친구 자는데 어떡해야 되나."

"사장님 몇 시까지 계실 거예요?"

"지금쯤이면 손님 없으면 그냥 닫는데, 2시 정도?"

"그럼 그때까지만 재우고 깨워서 갈게요."

그러고 나서 무슨 얘길 했는지는 기억이 잘 안 난다. 되게 웃겨서 다음 날 너한테 이야기하자 너는 좀 깨우지 그랬냐며 자기는 술 먹고 자는 게 제일 싫다고 했다. 아냐, 너도 나처럼 사고 치다 보면 그냥 자고 싶을 거야.

네가 알아서 깼는지 내가 깨웠는지는 잘 기억나지 않는다. "이제 가자. 사장님 여기 얼마예요?" 하고 계산을 한 다음부터 하나도 기억이 안 난다. 내 침대에 수직으로 꽂히는 햇살에 눈을 떠보니 건너편 침대에서 네가 자고 있는 모습이 보였다. 그러고 가만 누워 있으니 곧 네가 눈을 떴다. "여기 어떻게 들어왔대." "나도 몰라. 네가 가게에서 나오자마자 갑자기 서서 자는 거야. 네가 나보다 키도 크잖아. 진짜 겨우 들어왔어."

나는 근데 지금까지도 이해할 수 없고 너무 신기한 게,

그날 나도 분명 소주부터 시작해서 맥주, 보드카, 위스키에 엄청나게 취해서 제정신이 아니었을 텐데 네가 잠에서 깰 때까지 무슨 끈을 붙잡고 있었던 거 같아. 네가 자고 있으니까 나는 지금 죽으면 안 되는 걸 그냥 간이랑 뇌랑 위랑 눈이랑 입이랑 근육까지 다 알고 있었나 봐. 엄청 멀쩡한 척하면서 사장님이랑 낄낄거리던 거 전부 자동 응답기처럼 막 무조건반사 하듯 몸이 알아서 다 반응해준 건가 봐, 무슨 몽유병처럼. 신기하지 않아? 대학 다닐 때 맞춘 것도 아닌데 자꾸 똑같은 옷 입고 오고 맨날 세트로 술자리에 불려 다니면서 운명공동체라고 하던 결말이 이런 건가 봐. 몸은 두 갠데 마음인지 정신인지 하는 게 하나라서 음주 머신 1호기가 탁 꺼지면 2호기가 무조건 버티는 거지, 둘 다 무사히 집에 가려고. 생각해 보면 그렇게 쉽게 잠드는 네가 나를 챙겨준 밤들은 어떻게 된 걸까. 아마 진작에 잠들었어야 하는 네가 나 때문에 긴장해서 죽지도 못하고 있던 거겠지.

'몇 년 전에'로 시작하는 오랜 추억을 들출 수 있는 사이는 가끔 권태롭다. 우리는 이미 너무 많은 것을 관성이나 익숙함에 내어주고, 이 모든 감정과 만남을 당연하게 여기고 있어서 나는 가끔 네가 희미하다. 너와 내가 몇 번이고 반복해서 얘기하길 좋아하는 빛나던 시절은 이제 지나고 앞으로 우리는 늘 엇비슷한 이야길 하며 짧고 강렬했던 그때보다 길고 지루한 나날을 나눠야 하겠지.

대학을 졸업하고 이제 직장인이 되어서 우리의 시간과 공간이 멀어지고 새로운 일상을 공유하는 사람들이 나를 설레게 하는 일이 가끔은 어색하고 어렵다. 새로운 사람들을 정말 이만큼이나 좋아해도 되는 걸까, 나만 우리가 뜨겁게 보낸 지난 시간들에 집착하는 건가 싶어 마음이 자주 빈곤하고 구차해진다. 그저 이런 순간을 마주한 내가 하는 걱정과 고민들이 내 진심인가 싶다. 아무래도 언제까지고 네가 이 자리에서 소중했으면 싶은 마음인 것 같아서.

『우리는 서로 조심하라고 말하며 걸었다』라는 책 제목이 참 멋지다고 생각했다. 다만 네가 부산에서 잠들었던 날 내가 깨달은 건, 나는 너에게 조심하라고 말하며 걷지 않는다는 것. 나는 너와 보폭을 맞추지도 않고, 네 앞길을 지켜보며 걷지도 않는다. 나는 이제 너의 일상에서 더 멀어지고, 네가 만나는 사람들을 모른다. 서로에 대해 모르는 게 많아져도 나는 다만 너의 뒤를 걷고, 너는 나의 뒤를 걷는다. 서로를 지켜줘야 한다고 믿어서, 그래서 나는 그냥 우리가 늘 괜찮을 거라고 생각한다. 나는 네 걱정을 하고, 너는 내 걱정을 하고 우리 스스로 걱정하는 사람은 되지 말자.

“근데 여기 외국인 되게 많이 오네요.”

“「블랙 팬서」 촬영팀이래요. 숙소가 이 근처라네.”

나는 「블랙 팬서」가 개봉할 때가 되어서는 이 술집이 계속 생각났는데 아마 영원히 그럴 것 같다. 마블, 마블 하면 자꾸 부산 가고 싶다.

하련

안녕을
묻기
어려워진 사이

애 아빠가 된 친구는 아기와 단둘이 있어야 할 와이프에게 미안하고 엄마와 단둘이 있어야 할 아기에게 미안해서 좀처럼 시간을 내지 못했다. 간신히 낮에 잠시 자유를 얻어 만난 우리는 다급했지만 애써 침착하게 물회와 소주를 시켰고 쫓기듯 술을 마셨다. 좀처럼 차분해지지 않았다. 해는 뜨거웠고 물회를 들이켠 속은 차가웠다. 주는 족족 방울 하나 남기지 않고 술을 털어 마시고 참 맛있다며 맹구같이 웃어 보이는 친구를 보니 안쓰러우면서도 구린내 나는 반지하 연습실에서 짬뽕, 탕수육에 소주 한잔하던 스무 살 적 모습이 겹쳐 보여 우스꽝스럽게 웃었다.

2차로 고른 순댓국집에서 시킨 술국에 술을 두어 병 더 마시던 중, 친구의 휴대전화에 울린 카카오톡 메시지에는 집에서 아빠를 기다리는 아기의 사진이 도착해 있었다. 우리는 술을 몇 잔 더 마시고 자리에서 일어나 별다른 인사도 없이 꼭 어제 만났고 오늘 만나고 내일 다시 만날 것처럼 가볍게 헤어졌다. 우리 이렇게 헤어지면 계절이 한두 번은 바뀌고서야 다시 만날 텐데. 우리가 바뀌지 않을 게 있다면 오늘처럼 또 술 참 맛있다며 다급한 속도로 잔을 비우는 일이겠지, 뭐.

등을 돌리자 햇빛이 너무 쨍해서 머리가 핑하고 돌았다. 숨이 컥 막혀와 아프게 취해버렸다. 나는 알딸딸해져서 허공을 떠돌듯 도랑이 흐르듯 걷다가 방향을 어디로 잡아야 할지 모르겠더라고. 벤치에 앉아서 생각해보니까 너희는 갈 곳이 있는데 나는 어딜 가도 혼자 있을 것 같아서 괜히 두려운 거야. 나는 한잔 더 하고 싶은데 너희는 이미 집에 가는 지하철을 눈으로 좇으면서 허둥대니까 나는 너희를 보내는 게 당연한 거라 되게 쿨한 척 인사하고 보냈는데, 잔도 채 비우지 못하고 떠난 술자리가 괜히 혼자 아쉬운 거야. 안주도 꽤 남았던 것 같은데.

이렇게 삶의 방향이 갈린 이들과 가끔씩 함께하는 시간에서 겹쳐지지 않는 대화의 흐름이 못내 아쉬웠다. 내 나이가 어른이 되고도 남을 나이긴 한데, 나는 진짜 어른이라는 게 뭔지도 모르겠고 어른이 된다는 것도 아직 잘 모르겠는데. 결혼과 동시에 이전과 달라질 새로운 가정 환경과 그에 대한 각오 정도는 해야 하는 건 알고 있었지만, 감이 잘 오지도 않고. 절충이고 나발이고 이해관계는 틀어지고 나는 21세기에 살고 너는 조선 시대 사는 사람도 아닌데, 오고 가는 대화의 흐름이 몇 마디 문장만으로 간명하게 잘려나갈 때마다 혼란이 찾아왔다.

그나마 가끔 만나서 밥을 먹거나 술을 마실 수 있는 '엄마 아빠가 된 친구들'을 통해 먼발치에서 대충 짐작해 보지만 '우리가 왜 이렇게 멀어진 거야.' 하는 의문만 낳고 마는 거였다, 결국.

외로웠다. 삶이 갑자기 두 갈래로 갈라져 나는 혼자 그렇게 걷고 뛰고 비틀거리고 넘어지는데, 걔네는 들쳐 업기도 하고 손잡고 걷기도 하고 밀어주기도 하고, 뭔가 다양한 방법으로 더불어 살아가는 삶의 걸음이 부러워서 순간 가슴이 저미게 외로웠다. 집에 가는 길인데, 집에 가기가 싫어서 술 한잔하자고 누구 하나 불러내고 싶은데, 휴대전화 연락처를 쭉쭉 내려보고 다시 쭉쭉 올려봐도 쉽게 불러낼 사람 하나 없네 싶어서 외로웠다. 편의점 파라솔 아래 덩그러니 앉아 가벼워지는 맥주 캔만 만지

작거리며 아직 해가 떨어지지 않은 이른 저녁 내내 외로웠다. 정말이지 다가올 밤을 홀로 지켜내야 하는 것 같아서, 하늘은 점점 땅으로 꺼지는데 그냥 딱 외로웠다.

전처럼 같이 술을 마실 시간은 이제 쉽게 오지 않을 거라는 것도 알고, 나는 예전하고 바뀐 것 하나 없이 그대로라 너희가 사는 세상이라든지 너희가 간간이 토로하는 것들이 아직 낯설 뿐이지만, 어떻게 보면 저것 또한 내가 언젠가는 겪어야 할 일일 수도 있고 얘네들 역시 엄마이고 아빠이기 전에 나와 같은 서른네 살 먹은 아직 젊은 사람이니까 언젠가는 이해할 수 있겠지. 낯설지만 보고 듣고 토해내다 슬피 울다 떨구는 눈물 닦아주다 보면 나도 이해할 수 있는 부분이 있겠지. 나도 뭔가는 말할 수 있겠지. 너희도 내가 복에 겨운 소리만 하고 사는 게 아니라는 걸 알아주겠지. 그렇게 생각하면서 살았더랬는데. 내가 좋아하는 술에, 술집에, 내가 너희랑 있고 싶어 하는 시간에 함께할 여유라는 게 없어지다 보니까 자연스레 이해 같은 걸 하려고 노력도 안 해보게 되는 거야. 이미 얼굴도 마음도 저 끄트머리로 멀어져 있던 거야. 나도 몰랐는데. 너도 몰랐겠지만.

숱한 밤 술잔을 부딪치고 동네를 들개처럼 떠돌던 우리였는데. 그땐 철이 없었으니까. 철이 없어서 세상 무서운 거 모르고 변한다는 게 뭔지도 몰랐을 거라서 서른네 살의 우리가 이렇게 늘어난 고무줄처럼 탄력 없는 사이가 될 줄 몰랐겠지. 떠나간 건 아니라서 그나마 바라볼 수는 있는데, 간간이 찾아보는 카카오톡 프로필이랑 인스타그램 사진 속에 너희는 없고 아이들 모습뿐이라서 좀 많이 슬퍼. 나는 아직도 너희 얼굴이 보고 싶은데.

아, 나 진짜 외로운데. 누구 나랑 오랜만에 술 좀 같이 마셔주면 안 되냐.

. . .

"술에 취해 낄낄거리던 찰나의 순간이 지나가면 또 우울에 빠질 지도 모르지만, 역시 부족하고 망가진 것들이 가장 행복하게 웃는다."

술자리 녹취록 #1

 # 종로 | 소주 | 지인
 # 안부묻는방법

A 야론회夜論會를 한번 해봅시다.

C 야론에 대해 계속 모으는 거야. 제목, A와의 술.

B 우하하하하.

A 오랜만에 연락하는 사람에게 인사를 어떻게 전할까. 이런 거야. 친한 사람은 아니고 왕래가 많이 없다 쳤을 때.

B 적당히 아는 사람.

C 어어어. 한때 친했던.

B 그러면 후보가 뭐가 있을까. 잘 지내요? 탈락. 뭐하고 지내? 탈락.

C 뭐하고 사냐.

B 뭐하고 사냐. 탈락.

A 그 대상에 대한 정의를 해야 할 것 같은데. 접점에 대해서는 제쳐두고 생각해야 할 것 같아. 예를 들어, 같은 과를 졸업했다 하면.

B 그럼 할 말이 생기죠.

A 그럼 접점이 생기니까 그게 없다고 치면. 그럼 어떤 말을 할 수 있을까.

C 접점이 없는 사람이 있을까?

A 그렇지. 접점은 뭐든 만들면 그만이니까.

B 그럼 그렇게 만들 거리도 없다 해야 하나.

C 그러면 더 구체화 시켜보자. 우리가 잘 하는 거. 페르소나. 디자인 할 때 페르소나를 항상 잡거든요.

B 그 페르소나가 어떤 의미의 페르소나?

C 저희 의미는 가상의 인물인데.

A 있다고 가정하는 거야.

C 20대 후반이고.

A (B를 보며) 모자를 썼고.

C 으헤헤헤.

B 비하인드 스토리를 만들어서 이야기를 붙이는 거예요?

C 어어어.

A 그렇지. 하나씩 눈도 붙이고 코도 붙이고.

C 스토리라기보다는 이 사람의 인적 사항 같은 거. 직업이 있냐 없냐. 이 사람의 생활 행태에 따른 디자인을 한다, 뭐 이런 식으로.

A 그럼 우리 셋 다 공통적으로 공감할 수 있는 건 대학교겠네.

C 대학교 동기인데 1학년 때 되게 친했던 거야.

A 1학년 때 되게 친했다가.

B 다른 과.

C 경제학과 친구.

A 과가 완전 다르고. 또 뭐가 있을까.

C 뭐하고 사는지 알 수가 없고.

A 그 사람이 어디서 뭐하는지 전혀 모르고.

C 3년 동안 연락을 안 했다. 1학년 때 친했고. 으흐흐.

A 그러고 보니 그럼 왜 연락을 하지?

B 그럼 이 연락이 구체적 인터레스트에 의한 거예요?

C 거기에 따라 완전 다를 수 있겠다.

A 어어.

C 나는 그런 구체적 인터레스트가 있다면 그냥 잘 지내냐고 할 거 같아. 그 사람에 대해 상관이 없으니까.

A 사실 그런 거면 어떻게 지내는지도 중요하지가 않으니까.

B 그건 안부도 아니죠. 그냥 바로 물어보면 예의가 없으니까 하는.

C 딱히 할 말이 없으니까 물어보는.

A 완충재구나.

C 어어.

B 나는 저 새끼가 너무 궁금해. 나는 저 새끼랑 꽤 친했어, 이런 거지.

C 떠올랐어, 갑자기.

B 어어. 그렇게 이 새끼랑 술 마셨던 게 너무 재밌었던 거지.

A 그럼 저는 이렇게 물을 것 같아요. 직접적이고, 또 떠오르는 맥락 같은 거에서.

C 어어.

A 아니면 그 형. 그 형이라 치면 '형, 저 A예요.'

B 하하.

C 수학의 정석을 폈는데요.

B 집합과 명제를 봤는데요. 으하하.

C 집합. 요즘은 집합이 맨 앞에 없지 않아요?

A 몰라. 그거까지 어떻게 알아.

C 아니 그렇다길래.

A 그거 중학교 1학년 때 배우는 거야. 여하튼 그런 식으로 뭘 봤는데 형이랑 뭘 했던 게 생각나네요. 이렇게 말을 걸 거 같아.

C 나는 근데 그런 식으로 연락 오는 것 중에 요즘 잘 지내는 것 같네, 잘 지내냐, 서울에 있냐, 이런 것보다는 어, 도라에몽을 봤는데 네가 생각났어. 도라에몽을 봤는데 네가 생각나서 연락해봤어, 이런 게 좋더라고.

B 오.

C 그럼 그 뒤에는 뭐라고 하지?

B 그렇게 말문 트이면 이야기하는 거지.

C 그러고 나서 어…… 내가 요즘…… 옥장판을 파는데…….

B 으하하하하. 내가 다단계라서 하는 말은 아닌데.

C 이게 진짜 좋다고.

B 우리 등급 플래티넘만 돼도.

C 으하하.

B 저는 그래서 우연히 알게 된 PD 만나고 한창 아무도 안 보던 친구한테 안부 한번 물었어요.

C 뭐라고?

B 그분이 붙은 시험을 그 친구가 봤던 거예요. 근데 PD 시험은 진짜 신기하더라고요. 글쓰기로 나왔던 주제가 '만일 내가 타임머신을 타고 역사 속 어느 순간으로 돌아갈 수 있다면 어디로 갈래?'라는 질문이었는데, 그분은 '바로 어제로 돌아간다.'고 써서 붙었대요. 근데 제 친구도 '바로 어제로 돌아간다.'고 썼는데 떨어진 거예요.

C 뒤에 내용이 다른 거예요?

B 뒤에 내용이 달랐겠죠. 그게 갑자기 생각이 나서.

C 생각이. 나서.

AB 생각이 나서!

C 그래서 그 다음에 뭐라고 했어요?

B 그냥 폭력적으로 요즘 뭐하고 사냐고 했어요. 왜냐면 그 친구는 늘 잘 지내던 친구여서.

C 모두 내가 잘 지내는 줄 알거든요. 근데 내가 남들 보기에는 세상 최고 한량처럼 보이는데, 내가 뭔 일을 하고 있다. 이런 건 아침부

터 새벽까지 일하는데도 그런 말은 어디서도 안 하거든요, 내가.

B 그러니까 잘 지내냐는 물음은 최적의 말이 아니다.

C 생각이 나서, 이까지 일단. 그 다음에 붙일 말이 뭘까.

A 그럼 '생각이 나서 연락을 했다.'고 보냈다 치자. 그럼 '그래, 나 잘 지내. 너는?'이라고 답장이 오겠지. 난 그럴 거 같아. 넌 어때. 오호. 사람이 원래 질문을 하면 질문에 대한 답을 하려고 하니까.

–

C 인사를 한 거지. 근데 내가 요즘 상황이 이상하잖아. 그래서 다음 날 네 전화번호를 알려달라고 해서 알려줬지. 그 사람이 '어제 술 마신 사람이 누구였지?' 해서 '아, 누구요.' 하면 '아, 또 누구, 그 사람은 또 누구였지.' 이렇게 얘기하는 거야. '아, 어제 같이 있어 가지고.' 이러는 거야. 우리가 오후 2시부터 같이 있을 이유가 없잖아. 그래서 을지로에서 이야기하기로 했잖아. 그래서 같이 왔어. 또 같이 왔어, 그분이랑.

A 이 서사 전개를 들으면서 이거는 내가 정말 알아듣기 힘들지만.

B 그래. 흘러갔어.

A 흘러가서 내가 명동에 내렸거든? 근데 막 비가 엄청나게 오는 거야, 스콜처럼. 조용히 어디 좀 들어가면 안 되냐 했어. 비를 조금 맞는 것도 아니고 실컷 맞는데 '되게 낭만적이죠.' 이러는 거야. 그래서 나는 '아, 이 사람이랑은 비를 맞아도 좋구나.' 생각했지. 그래서 결국 카페로 갔는데 커플들이 와서 막 영화 보고 그런 데야. 그래서 뭐 회의를 했죠.

A 으아아.

C 결국 그날 너랑 술 마시고 부산에 갔지. 가서 너한테 전화를 했는

데 또 이 사람한테 전화하고 또 담날에도 전화하고. 그러고 망한 거지 뭐.

A 내가 들으면서 생각했는데 진짜 알아듣기 힘들다.

B 에이, 알아들을 수 있어요. 아는 사람은 알아듣기 어려울 수도 있다 할 수 있는데 듣는 사람은 대충 이걸로 알아맞히는 거죠.

C 대충 이렇다, 슬프다, 이걸 알면 되지. 뭐, 구체적으로 나의 감정과 마음까지 알고 싶어?

B 대충 무슨 똥을 싸는지만 알면 되지.

A 그렇지. 맞다!

B 뭔가 소명이 있으면 있는 거고.

C 아, 이걸 말했어야 했네. 첫날에 부산 도착해서 푸드 트럭에 갔는데. 푸드 트럭 사장이.

B 아, 그거 읽었어요.

C 갑자기 내가 좋다는 거야, 갑자기. 엄청 좋다는 거야. 그래서 내가 나는 그럴 만한 사람이 아닌데 싶어서 그렇게 말했거든. 그런데 이 사람이 나를 찾으러 온다는 거야. 그래서 이건 안 되겠다, 이래서. 이건 끝내든 어쨌든 해야겠다. 이래가지고 확정을 해야 한다. 그래서 내가 생각해봤는데 어쨌든 공대니까 친한 남자 사람들이 너무 많은 거야. 다 친오빠 같은 사람들이라서 이런 얘기를 하려고 술을 마셨던 거다, 이런 얘기를 하려 했던 거다.

B 무슨 얘기?

C 내가 평소에 혼자 살고 혼자만 다니고 사람들이랑 대화도 안 하고 뭐 그러니까. 몇 년 만에 '어, 관심 있는 사람이 있어요.' 하는 말을 몇 년 만에 처음 했다, 이런 거다. 그래서 신기해서 술 마신 거다. 이런 말을 한 거예요.

B 그래서 그걸 누구한테 말한 거야?

A 카멜(쓰고 있던 은어)한테.

C 뭐, 그래서 다음 날 술에 취해가지고 부산역 근처에서 책을 팔자 해서 책 팔고 있었는데 문자가 와가지고.

A 이 서사가 이렇게 재미없는 서사가 아닌데.

C 재미없어요?

B 그니까 똥을 쌌다는 게 결론이지.

C 아, 내가 너무 내 기억을 바탕으로 띄엄띄엄 말했나. 근데 여하튼 부산에서 진짜 재밌는 일이 많이 있었다고.

A 일단 똥을 쌌다는 것에 덧붙이면. 어제 설사를 했어, 그리고 어제 불닭볶음면을 먹어서 어찌어찌해서 설사를 했어. 이 둘은 엄청나게 다른 거거든.

B 비유 되게 잘한다.

A 그런 것처럼 이 친구가 한 말은 불닭볶음면에 대한 언급이 있고.

C 지금까지 불닭볶음면 얘길 한 거 아니야? 얼마나 매웠는지.

A 아니. 아니야. 그냥 설사를 했어. 설사를 했구나. 이런 거지.

B 그게 뭐야? 말해주세요.

A 지금 불닭볶음면에 대한 얘기가 너무 없는 거지. 너 뭐 먹었는데? 그냥 매운 거 먹었어, 이 정도인 거야.

C 아, 그래. 나 좀 매운 거 먹었어.

A 그래, 내가 남에게 일어난 비극에 대해 말하는 건 어쩔 수가 없다.

(싸우며 끝납니다. 무슨 말인지 저도 모르지만, 취한 게 포인트)

· · ·

"마주 앉은 서로의 인생에 점점 스며들고 있다는 느낌이 들 때 우리는 울리는 핸드폰도, 한쪽 팔만 아리도록 추운 에어컨의 바람도, 자꾸만 감기는 눈도 참아낸다."

하련

그때 우리
참 좋았었는데

가을임을 잊고 매몰차게 스며드는 서늘함이 등에 대충 걸친 자켓 사이로 잔뜩 파고들어 몸을 부르르 떨었다. 술 몇 잔에 달아오르는 체온을 그대로 빼앗겨 허리를 곧게 펼 수가 없었다.

"으. 그만 걷고 싶어. 발바닥에 못이 박힌 것같이 아파."

추위를 이겨낼 자신이 없어져 투정을 부리며 어디든 빨리 들어가야겠다고 등을 동그랗게 말아 다급하게 발걸음을 옮기면서도 잡은 손을 놓지는 않았다. 맞잡은 손의 온기에 매달려 그 추웠던 밤, 어딘지도 모르는 골목을 한참 동안 요란하게도 걸었다.

미닫이문을 열고 들어간 작은 술집 창문에 김이 서려

바깥 가로등 불빛이 십자가를 그리며 흐릿하게 번졌다.

"뭔가 낭만적이지 않아?" 늘 낭만 타령. "눈이 오면 딱 인데." "그러게."

눈이 내리기엔 그 계절이 아주 가깝지는 않았기에 금세 기대를 내려놓고 웃어 보였다. 오뎅탕이랑 궁합이 참 좋은 날씨다. 창문에 서리가 끼기 시작하면 희한하게도 오뎅탕이 먹고 싶었다. 맞은편에 앉은 너는 나에게 다시 물을 것도 없이 오뎅탕과 알아서 사케를 골라 주문했다. 사케와 함께 나온 커다란 바구니에는 각기 다른 예쁜 잔들이 곱게도 쌓여 있었다.

"네가 골라줘."

아직 술 한 잔 마시지도 않았는데 취한 듯 엉성하게 애교를 부리는 말투 덕분에 오늘 술 참 맛있게 먹겠다며 빨간색 무늬가 그려진 적당히 작은 잔을 골라 내려놓았다. 한참 술을 마시다 보면 따뜻하게 데운 사케가 위벽을 뜨겁게 휘젓는 것 같아서 주먹을 동그랗게 말아 명치 부분을 살금살금 비벼본다. 이제 취할 것 같다.

취기가 오르자 그제야 우리의 대화는 좁은 골목길을 벗어나, 서로의 속도를 맞추며 한강을 미끄러지듯 달리는 자전거처럼 내달렸다. 술을 마시고 나서야 우리 사이에 흐르는 시간이 유순해지고 나른해져서 겨우 눈을 마주칠 여유가 주어졌다. 함께 보낸 시간이 적은 건 아니었는데 이상하게도 눈을 마주치는 게 참 부끄러웠다.

쌍꺼풀이 있었던가. 쌍꺼풀이 있었는지 없었는지 맨날 생각이 안 나. 눈을 게슴츠레 뜨고 있는 것처럼 보여서 쳐다보면 또 뭔가 똑 부러지게 바라보고 있는 것 같고. 지적질 같지 않은 지적질을 서슴지 않게 하면서도 결국 시선은 손가락에 돌돌 말린 티슈 같은 거라든지, 손가락으로 의미 없이 닦아내는 고인 물에 고정되어버렸다. 가끔 빰도 발개진 것 같다. 눈이 예쁜 걸 아는데 그 예쁜 걸 바라보려면 술을 마셔야 했다. 오늘도 곁눈질하듯 힐끔힐끔 바라본 눈은 참 예뻤다. 술기운에 살짝 촉촉해진 것 같아서 더 예뻤다. 뽀얀 조명이 눈동자에 부딪혀 '반짝' 하고 쏟아졌다.

"오늘도 진짜 예쁜 눈이다."

꽁꽁 숨겨두었던 말이었는데 술에 취해 스무 살 적 풋풋했던 연애처럼 이 겨울도 따뜻해서 고백해버린 말에 너는 흔치 않은 미소로 답을 해왔다.

"와, 나 오늘 횡재했어."

내 의지와는 상관없이 불쑥 튀어나온 말에 다시 빰이 발그레해졌다. 술에 얼굴이 달아올라서 그런 거라고 내가 말했다.

그날, 창문 너머 간간이 스쳐 지나가는 사람들은 우리가 잊어버린 추위를 한 움큼 끌어안고서 알 수 없는 목적지를 향해 종종걸음으로 사라져가는데, 우리는 더 이상 사라질 이유가 없다며 이 고요한 온기를 술잔에 담아 밤이 새도록 마시고 싶다며. 시간이 조금 천천히 흘러서 지금 이 테이블에 마주 보고 앉아 오래오래 너와 술을 마시면 참 좋겠다고. 헤어짐이 아쉬워 속도를 늦추고 술을 천천히 더 마시면 좋겠다고. 수도꼭지를 힘껏 돌려 쏟아내는 물처럼 술의 힘을 빌려 고백해버린 말들이 무수히 많았었는데, 술에 취하고서도 차마 하지 못했던 어느 것 하나가 네가 없는 그 오랜 세월을 버티고 목에 달라붙은 혹이 되어 달랑거렸다.

네가 좋은데 너를 좋아하는 나도 좋고, 나를 좋아하는 너도 좋다고. 그런데 무엇보다 지금 이런 모습의 우리가 참 좋다고. 그 토막 난 문장 하나하나 뭐 그리 어렵다고, 그 아까운 문장들이 내 곁에서 떠날 줄을 모른다. 네가 떠날 때, 네 바지 자락에 달아 보낼 걸 그랬나 보다. 우연히 닿으면 우리 오랜만에 술 한잔하자고 말하고 싶어서 늘 준비했었다. 그땐 좋다고 말했는데 이제는 좋았다고 과거형으로 말해도 괜찮을 것 같아서, 이렇게도 저렇게도 생각해보면서 그때 봤었던 네 웃는 얼굴을 다시 볼 수 있을까 싶어서 다양하게도 준비한 문장들을 손에 꼭 쥐고 다녔었다. 그런데 어차피 넌 이제 없으니까. 꿈에서나마 만나면 전할 수 있을까 싶어 네가 숨었을 법한 골목 사이를 하염없이 기웃거려 봐도 비슷한 발자국 하나 찾지 못해 늘 아쉬워하며 꿈에서 깨어나는데 참 아팠다.

다시 말하지만 그때 우리 참 좋았었다고, 그 말이 너에게 닿았으면 좋겠다고 생각했다. 그때 꼭 하고 싶었는데 결국 하지 못했던 말이라서. 너에 대한 미련이 아니라 그 말을 하지 못한 게 미련이 된 건가 싶기도 하다. 너는 지금 어떻게 살아내고 있을지 모르겠지만, 좋은 기억 하나쯤은 가지고 있으면 슬플 때 꺼내 보면서 네 몸에서 잃어버렸을 몇 도의 체온이 다시 살아나지 않을까 싶은, 그냥 나 혼자 생각한 바람 같은 것일지도 모르겠다.

나는 아직도 겨울이면 그렇게 오뎅탕을 찾는데, 그 겨울에 아지랑이처럼 김이 피어오르는 오뎅탕이 뽀얀 게 예뻐 보였어서 그렇게도 생각나는 걸까. 어쩌면 그때만큼 맛있는 오뎅탕은 아직 먹어보지 못해 그럴지도. 어쨌든 꽤 여러 번 지내온 겨울의 호된 추위를 그 기억을 끌어안고 살았더니 나름 살 만하더라. 외투 주머니에 손난로를 넣어둔 것처럼 견딜 만하고 괜찮더라.

너한테 하고 싶었던 말을 이제 와서 조금 고쳐 말하자

면 나 말고 너 말고, 그냥 우리 참 그때 좋았더라. 남들이 보기에도 우리 참 좋았을 거야. 내가 지금 무슨 말을 하는 건지 모르겠다. 어찌 되었든 간에 이렇게라도 말했으니 된 것 같다. 전해지진 않겠지만 괜찮다. 이제, 거기서 잘 지내.

현경

십이월의 도꾸리

지난겨울은 너무 추워 어느 때고 "오늘은 추우니까 도꾸리 한잔 어때요."라고 물었다. 답은 언제든 "좋죠! 추우니까." 였다.

한동안 우연한 기회로 서점을 운영했다. 겨울이 되어 서점이 있던 산책 길 안까지 들어오는 사람들도 줄어들어 가게를 하는 주변 상인들과 마주칠 때면 서로 손님이 없어 상황이 힘들다는 이야기를 했다. 분명 봄이 되면 산책 나오는 사람들도 많고 가게들도 자리가 부족할 정도로 붐비겠지만, 손님 없이 겨울을 버티기엔 날씨가 너무 추웠다.

가게나 공간을 운영하는 일은 상상 이상으로 힘들다.

혹시라도 "그냥 앉아 있다가 뭘 만들어주고 계산 좀 해주면 되는 거 아냐?"라고 말하는 사람들이 있다면 죄다 희롱죄로 고소하고 싶을 만큼 힘들다. 물론 다른 업종에 비하면 서점은 정말 별일 안 하는 축에 들 것이다. 그리고 그만큼 수익도 적다. 힘들다는 말은 많이 들었어도 상상 이상으로 적었다.

돈도 돈이지만 나와는 자영업이 어울리지 않는다는 사실에 더 힘들었다. 평생 그 흔한 아르바이트 한 번을 안 해본 나는 들어오는 손님들에게 음료를 만들어주고 조금 높은 톤으로 웃으면서 "감사합니다!"라고 말하며 계산해주는 일조차 어려웠다. 내가 죄송하지 않아야 하는 일, 그러니까 손님이 잘못한 일에 아쉬운 표정으로 "죄송합니다만." 하고 말을 꺼내는 것도 싫었다.

그때부터 나는 모든 서점 사장님들을 존경하기로 했다. 이렇게 품은 많이 들고 수익은 적은 일을 '좋아서' 한다니! 처음엔 '사장님'이라는 호칭에 깜짝 놀라 "저요?" 하고 되물었다. 가끔 몇몇은 내가 만들어온 독립 출판물에 대한 기사나 소식을 보고 서점에 찾아오기도 했다. 하지만 사장님이나 작가님이라는 호칭을 붙이기에 20대 중반은 너무 어려 보였는지, 사람들은 내게 사장님은 언제 오냐고 물었다. 나는 멍청한 표정으로 "그게 혹시 전

가요?"라고 되물었다. 여러 비슷한 호칭으로 불렸으나 어느 하나 끝까지 적응되진 않았다.

그럼에도 그나마 즐거웠던 일은 좋아하는 책들을 가져다 두었을 때 그들이 주인을 찾아가는 일과 사람들이 책을 사서 읽고 있는 뒷모습, 그리고 이 일을 하기 전에는 절대 만나지 못했을 사람들을 손님과 사장으로 만나 이야기하고 술을 마시는 일이었다. 특히 '추우니까' 마시는 도꾸리!

도꾸리를 일본어로 어떻게 쓰는지는 모르겠지만, 도꾸리는 '도쿠리'라고 읽는 것보다 '꾸'에 강세를 주어 도'꾸'리라고 발음해야 더 맛있어지는 느낌이다. 나는 마음이 맞는 서점 손님들과 종종 산책로 끝에 있는 이자까야에서(이자까야도 어쩐지 이자카야가 아니라 이자'까'야라고 발음하게 된다.) 도꾸리를 마셨다. 다른 사람과 자주 가다보니 이자까야 사장님들은 종종 제철 과일 같은 걸 내주셨다.

가장 먼저 친해져 도꾸리를 마신 손님은 근처에 사는 직장인 언니였다. 언니는 자신도 직접 책을 만들어보고 싶다며 자주 찾아왔다. 내가 누군지 알고 한 말이 아니라 어쩌다 대화를 하다 보니 그런 이야기가 나왔다. 그 이야길 처음 할 때 같이 있던 독립 출판물 제작자는 "책은 직접 손으로도 만들 수 있어요"라며 친절히 답했다.

언니는 항상 소설책을 사 갔던 걸로 기억한다. 언니는 일본 소설을 좋아한다고 말했다. 나는 외국 소설을 잘 읽지 않아 서점에 가져다 놓은 책도 없었기에 몇몇 작가를 추천받기도 했다. 나도 한국 소설가들과 좋은 소설을 몇 편 추천했다.

언니와 도꾸리를 비롯한 여러 술을 마실 때 굳이 책 만드는 이야길 하진 않았다. 주로 사는 얘길 했다. 언니는 20대엔 영화 관련 일을 했다며, 그쪽 일은 재미는 있었지만 돈도 많이 떼먹히고 여러모로 힘들었다는 이야길 했다. 또, 지금 다니는 회사에서는 어떤 일을 하는지, 남자를 만나고 결혼을 하는 일 등 먹고사는 것에 대해 이야기했다. 언니들의 이야기는 현실적이라 좋다.

그 후 언젠가부터 언니는 한동안 서점에 들르지 않았다. 손님 입장에서야 어떻게든 가게에 연락할 수 있지만, 가게 입장에서는 달리 손님에게 연락할 방도가 없다. 어느 날은 너무 무료해 카운터에 앉아 그동안 친해진 손님들을 떠올렸는데, 그 언니가 문득 걱정됐다. 그저 바쁘거나 다른 곳에 가서 안 올 수도 있는 일인데 어디가 아픈 건 아닌가 걱정했다.

서점 운영 마지막 날, 서가의 책을 정리하고 있을 때

언니가 다시 찾아왔다. 어디 아픈 줄 알았다고, 걱정했다고 말하니 언니는 "아팠어요. 마음이 아팠어요."라고 답했다. 그리고 꽃말이 '새로운 시작'이라는 설명과 함께 프리지어 한 다발을 내려놓았다. 그리고 내가 쓰고 만든 책 두 권을 계산하곤 이내 사라졌다. 파본으로 분류해둔 책을 그냥 가져가라고 했는데도 기어코 정가대로 계산하고 떠났다.

그다음으로 도꾸리를 마신 사람은 오랜 친구였다. 친구는 서점에 들른 손님이라기엔 나 때문에 온 것이었지만, 매출을 올려주겠다며 읽지도 않을 책을 샀다. 나는 읽지도 않을 걸 왜 사느냐 궁얼거렸고, 내가 다른 서점에 들러 책을 살 때마다 "괜히 사는 거 아녜요?" 하고 묻던 사장님들의 말을 떠올렸다.

영업을 끝내고 친구와 도꾸리를 마시면서는 매출이 안 나온다며 이런저런 하소연을 했다. 그러고 보면 나는 몇 년째 매번 모든 게 힘들다고 투덜댔고, 친구는 언제나 그저 듣고 있다 간간이 대꾸를 해줬다.

또 기억에 남는 손님 중 하나는 일흔에 가까운 건설 회사 CEO였다. 어느 출판사 대표님이 서점에서 1인 출판에 관한 강의를 할 때였다. 그 건설 회사 대표님은 "제가 나이가 좀 많은데, 이런 강의를 들어도 될까요?"라고 물으며 출판 강의에 오셨다. 첫날 일찍 오시고서도 젊은 사람들에게 폐가 되진 않을까 걱정하셨다. 그 첫날에 같이 도꾸리를 마셨다. 지하철을 타고 오셨는데 돌아가는 길에도 어떻게 타서 어떻게 가야 하는지 잘 모르신다 하셔서 알려드렸다. 반세기에 가까운 시간만큼이나 어린 나에게 "고맙습니다. 또 봅시다." 하며 꾸벅 인사를 하셨다. 사실 겨우내 함께 도꾸리를 마신 이들을 하나하나 세고 설명하기도 어렵지만 좋은 사람들을 많이 만났다.

뜬금없이 서점을 운영하게 된 까닭은 '이곳의 이 서점이 없어지지 않으면 좋겠다.' 하는 이유 때문이었다. 얼마 뒤 그 자리에서 서점을 운영하겠다는 사람이 나타났고, 곧 나는 운영을 그만두게 되었다. 3개월 만이었다.

서점을 닫는 마지막 날에도 많은 사람들이 찾아왔다. 주로 근처 대학교의 학생들이었고, 도꾸리든 쌀국수든 겨우내 따뜻한 걸 함께 마시고 먹은 사람들이었다. 여전히 대학생에 가까웠던 나는 대학생들에게 어른 같아 보였을까, 좋은 사장님으로 보였을까 생각했다.

그 겨울은 입간판에 마저 "겨울다운 겨울에 우리다운 우리가 된다."는 김연수의 글을 적어놓을 정도로 추웠다. '겨울다운 겨울'이었기에 우리는 따뜻한 도꾸리를 마셔서, 도꾸리를 마실 사람들이 있어서 겨울을 잘 보냈다.

그들에게 내가 그 겨울 철길 공원 끝에서 만난 도꾸리 같은 사람으로 기억되면 좋겠다.

하련

음주 일기

점심도 거르고 미간을 잔뜩 찌푸린 채 태풍처럼 몰아치는 업무를 온몸으로 막아내는 내가 마음에 걸렸던 건지 회사 동생이 맥주를 마시면서 간단히 저녁을 먹자며 말을 건네 왔다. 정확하게 표현하지 않아도 가시 돋친 나를 위한 위로였음을 알기에 기분이 좋아 맥주 두 잔에 얼굴이 발그레해졌다.

– 2017년 10월 30일 역삼역 '스토브'

몇 분이세요? 혼자요. 내가 지금 혼자 왔다는 걸 알려야 하는 것부터 머뭇거릴 때가 있었는데, 지금은 평온하게 맞이할 시간을 위해 먼저 혼자 왔음을 밝혀 적당한 자리를 찾아주길 내심 바라고 있다.

와인 한 잔을 마셨고 타파스 샘플러를 주문했다. 아무리 먹어도 심심한 입을 달랠 길이 없어 덕분에 하몽도 먹고 맥주까지 마시다 보니 코가 맹맹해지며 취기가 잔뜩 올랐다. 계산해야 할 돈은 어느새 5만 원을 훌쩍 넘겨버렸다.

– 2017년 10월 29일 동교동 '심스타파스'

오늘도 점심을 걸렀다. 일을 하다 말고 지갑을 들고 뛰쳐나가 근처 사진관으로 향했다. "증명사진 찍으려고요. 이력서용이에요."라고 묻지도 않은 용도를 굳이 밝히며 거울 앞에 서서 머리카락을 정돈했다. 오늘처럼 화를 다스리기 어려운 날 가끔 써먹는 방법인데, 사진관에서 이렇게 사진을 한번 찍고 나면 평정심이 돌아오는 시간이 당겨진다.

퇴근을 하고 받아 든 사진이 못난이 인형처럼 잔뜩 울상인 걸 보며 충동적으로 먹고 싶은 걸 찾아 먹어야겠다고 생각했다. 우니 두 접시를 주문하고 허겁지겁 주린 배를 채우며 아사히 두 병을 단숨에 비웠다. 계산을 요청하고 일어서니 주인아주머니가 대뜸 "아가씨 혼자 술도 마시고 멋있어 보여요."라는 말과 함께 엄지를 번쩍 내밀었다. 이런 소리를 들을 줄 알았으면 더 멋지게 세 병 마실 걸.

– 2017년 11월 2일 왕십리 '스시이찌'

스무 살 동아리방에서 처음 만나 우리가 알고 지낸 지 어언 14년. 둘 다 서른 살 즈음 어엿한 가장이 되었다. 철없던 옛 모습은 세월을 따라 조금씩 성숙해져 가고, 그렇게 각자의 환경과 능력에 맞추어 나름의 방법을 터득하며 우리는 열심히 살아가는 중이다.

동방에서 대충 떡볶이나 탕수육에 소주를 마시던 우리가 이제는 먹고 싶은 것을 골라 이렇게 술을 마신다. 얼마 전에 우리는 참치를 먹었고, 오늘은 순댓국에 족발을 먹고 싶다고 했다. 쓸데없는 농담 따먹기에 쓸데없는 옛 추억을 끄집어내고, 쓸데없는 과거 속 사람들의 이름을 불러보며 날렵한 속도로 술을 마셨다.

너희가 결혼하던 날 챙겼던 축의금 이야기를 꺼내며 결혼은 하지 않아도 좋으니 필요한 순간에 말하면 그 이상 챙겨주겠다고 말하는 표정들이 웃기고, 그 상황이 웃겨서 낄낄대다가도 저런 농담 하나도 참 고맙다 싶어 또 다시 낄낄대며 빈 잔에 술을 가득 부어주던 밤이었다.

– 2017년 12월 5일 강남역 '이당족발순대국'

오늘은 일품진로를 마시자. 술과 안주를 주문하고 나니 마주 앉은 우리 사이에 바구니 하나가 놓였다. 바구니 안에서 각자 마음에 드는 술잔을 골라 서로에게 건네주었다. 우니가 가지런히 담긴 접시를 내 앞으로 조심스레 밀어주었고 나는 젓가락으로 조심스레 떼어내 입안에 넣으며 호들갑을 떨었다.

우니가 맛있어서. 골라준 잔이 예뻐서. 함께 마시는 이 술이 유독 달큼해서. 오늘 밤도 이 술처럼 달큼해서.

– 2014년 11월 2일 회기 '키세츠'

우리 몇 시간 전에 닭한마리집에서 얼큰하게 술을 마셨는데, 어느새 허름한 술집의 침침한 조명에 의지한 구석 자리를 찾아 앉았다. 아까 잔뜩 마신 술은 잊었다는 듯이. 일단 소맥을 한 잔 마시자며 적정량의 소주를 따르고 그 위에 맥주를 따라 마셨다. 술안주는 역시 경양식 돈가스라며 진심 가득 담아 칼질을 해대는 모습이 어깨춤을 추듯 신나 보여서 한참을 웃었다.

– 2013년 12월 10일 신당동 '행님아'

"실장님, 냉동고에 미리 소주 세 병만 넣어놔 주세요."

살얼음이 낀 소주를 따라 마시고 실장님이 조용히 접

시에 놓아준 참치살을 집어 오물오물 씹어 삼킨다. 김 부장 욕도 해보고 틀어 놓은 야구 중계를 보며 공을 놓치는 수비수에게 손가락질도 해가며 쟁여 둔 소주 세 병을 넘어서 다섯 병을 거뜬히 해치운다.

날이 참 좋고 당신이 좋고 당신이 고른 안주가 좋아 가끔 이렇게 잔잔함이 넘쳐나는 밤을 보낸다.

– 2014년 5월 18일 원당역 참치집

은영이가 낡은 시집 하나를 가져와 좋아한다는 시 하나를 골라 읽었다. 그렇게 '한남북엇국' 3층에 단둘이 앉아 짧은 시 낭독회를 열었다. 나는 백세주를, 너는 청하를 마시며 이런저런 시를 반복해 읊었다. 달달한 백세주 한 잔을 시원하게 털어 마시며 "좋다!"라고 말했다.

– 2017년 4월 8일 '한남북엇국'

우리가 마신 소주가 아마도 열다섯 병, 공깃밥 세 개에 육회. 시래기찜을 먹고 나서 밥 두 개 반을 볶아 먹었어. 애호박바지락전, 바지락술찜, 그리고 계란말이랑 새우마가린구이, 오향장육. 그리고 편의점에서 사 온 신라면 세 개를 끓여 먹었어. 아, 맥주는 안 시켰었어?

– 2015년 5월 22일 해방촌 '미수식당'

'맛있는 게 먹고 싶어.'라는 생각이 들 때면 가장 먼저 떠오르는 굴라시, 메를루쪼, 라구. 세 가지 조합을 한 상 푸짐하게 내놓고 와인을 마시고 있으니 이 작은 테이블 앞의 우리 세상이 천국이구나 싶어 더 취하고 싶어졌다.

– 2017년 2월 18일 연남동 '바라티에'

요청도 참 까탈스러웠다. 굳이 진토닉을 조금 더 진하게 만들어 달라고 말했다. 이곳에서 나는 가끔 혼자 술을 마셨다. 한쪽 벽면을 가득 채운 술병, 아무렇게나 붙어 있는 사진들을 보며 내가 알지 못하는 순간들을 상상하는 즐거움이 있었다.

적당히 어두운 조명은 술에 취해 일그러진 표정을 감춰주었고, 흘러나오는 노래를 흥얼대며 기본 안주로 나오는 멸치 대가리를 뜯는 맛이 좋았다.

흘러간 세월만큼 늙고 낡았지만, 쉴 새 없이 변하고 사라지는 것들 사이에서 그대로 있어 준 것이 참 고마워 마음이 간지러웠다. 쉽게 벗어날 수가 없어 진토닉을 한 잔 더 주문했다.

– 2017년 5월 21일 홍대 'BAR다'

일기장에 적어둔 그 이름이 유독 반짝거려 설레던 날

이 있었는데, 이제는 당신이 눌러준 새빨간 하트 하나에 내 마음이 반짝거린다. 이런 순간에 요동치는 마음에 낭만적이지 못하다며 탄식했지만 사실 입꼬리는 슬쩍 올라가 있었다.

술을 마셔서 얼굴이 붉어진 걸까, 당신의 손가락에 닿은 새빨간 마음에 물든 걸까. 손끝에 닿은 뺨이 뜨거워서 맥주잔에 얼굴을 부볐다. 술을 마셔서 그런가, 평소보다 조금 더 쉽게 떠오르는 당신의 얼굴이다.

– 2017년 11월 28일 통의동 'La BAR'

재은

우리는 오랫동안 헤어져야 해

가끔 이대로 집에 가고 싶지 않은 날, 그런 날이면 마치 모두가 작정하고 나를 집에 보내기로 한 것처럼 어김없이 곧장 집으로 퇴근하게 된다. 이날도 퇴근길을 따라 접선 가능한 루트의 인물들과 이제는 한번 좀 보고 싶은 이들에게 순서대로 연락했지만, 그 순서대로 거절당하는 사이에 나는 한 시간 거리의 스물일곱 정거장을 지나 터덜터덜 집에 도착했다.

저녁을 먹기 전 옷을 편하게 갈아입고 컴퓨터를 켰는데 김 군에게서 연락이 왔다. 김 군이 김 기자가 된 것을 축하하던 반년 전 이태원의 밤 이후로 한 번도 그를 보지 못해서 늘 아쉬운 소리를 해대던 차였다.

대학교 1학년 때 김 군, 박 군과 언제부터인지 깨달을 새도 없이 친구가 되어 있었다. 우리에겐 스무 살 때 찍은 사진 속 장소가 꼭 셋 있다. 두 곳은 우리 셋 모두에게 처음이었던 이태원과 여의도 63빌딩 근처의 한강변으로, 우리는 대학생도 됐겠다 카메라까지 챙겨서 그렇게 서울을 관광객처럼 누볐다.

나머지 한 곳은 예술의 전당인데, 인도에서 반년 만에 돌아온 김 군과 재회한 우리는 마침내 5년 만에 똑같은 자리에서 똑같은 자세로 사진을 찍었다. 그날은 박 군이 자기 동네에서 가장 좋아하는 술집으로 우리를 데려갔고 우리는 박 군이 좋아하는 청하를 수 병 비워내며 아침이 가까워져 올 때까지 지난 7년을 세었다.

김 기자와는 강남에서 만나기로 했다. 수습기자로 내곡동 MB 사저 앞을 지키느라 빠져나오기 어려울 것 같다던 그는 오늘 밤엔 별문제가 생길 것 같지 않아 내곡동 근처라면 만날 수 있다고 했다. 나는 다음 날도 경찰서에서 새벽같이 일어나야 할 그를 위해 급하게 눈썹만 그리고 벗어놓은 외출복을 그대로 주워들어 밖으로 나섰다.

불타는 금요일이라던데 강남 가는 길은 다행히 막히지 않았다. 강남대로의 무수한 인파를 뚫고 만난 김 기자는 조금 추레하고 지친 모습이었지만, 여전히 건강했고 언제나처럼 씨익 웃어 보였다. 우리는 강남에 존재하지 않을 것만 같은 한산한 골목에 닿을 때까지 구불구불 걸으며 근황을 이야기하다가 작은 오뎅바에 들어갔다. 가게는 테이블 없이 바로만 이루어져 있었는데, 서빙하는 공간을 가운데 두고 'ㄷ'자로 빙 둘러싼 좌석들은 이미 가득 차 보였다. 김 기자가 다른 데로 가야겠다고 돌아설 때 나는 손가락으로 두 자리가 있는지 물었고, 주인 할아버지는 하나씩 비어 있던 자리를 채워 우리를 앉혀주었다.

김 기자가 김 서린 안경을 닦는 동안 나는 턱을 괴고 작은 가게에 가득 찬 뿌연 공기 너머로 사람들을 둘러봤다. 각자의 모양으로 서로의 시간을 보내고 있는 저녁. "사랑하는 사람들의 말없이 소란스러운 시간"이라는 문장으로 시작하는, 내가 썼던 글을 누가 여기 그대로 옮겨 놓은 것만 같았다. 글은 이렇게 끝난다. "사랑하는 몸짓만으로 작은 공간이 가득 차는 순간." 비좁은 가게는 고요한 소란으로 가득 차 있었고, 모두가 서로의 등을 맞댄 채 술잔을 기울이고 있었다. 그 모습이 이토록 기분 좋을 수가 있나 싶었다. 마침 안경을 고쳐 쓴 김 기자도 분명이 모습을 바라보며 나랑 똑같은 생각을 했겠지.

나는 김 군에게 주려고 챙겨온 책 두 권을 꺼냈다. 가장 공허한 단어들로 아름다운 문장을 잇는 황지우의 시집, 사람들에게 한창 추천하고 다니던 기세호의 책. 사실 김 기자가 써줬으면 좋겠다 싶어서 만년필과 볼펜을 작년 말부터 내내 사무실에 보관하고 있었는데, 결국 들고 오지 못한 것이 아무래도 인연이 아닌가 싶어 책을 건넸다. 우리는 뿌연 주점에 앉아 도쿠리를 주문했다. 차갑게 마실 거냐 뜨겁게 마실 거냐 묻기에 나는 차가운 거 마실래? 하고 어깨를 으쓱했다가 주인 할아버지에게 완전 허접이구만 하는 식의 표정으로 다음 병을 주문할 때까지도 놀림을 받았다. 놀리고 싶어서 물어보신 건가요?

우리 셋이 5년 뒤에야 5년 전 장소를 찾았던 이유는 셋이 다시 만나는 데 5년이 걸렸기 때문이다. 그래서 그렇게 사진을 찍으러 다니고 밤새 멋쩍은 지난 시간을 수없이 이야기했는지도 모른다. 우리가 영영 놓칠 뻔했던 시간들을 겨우 되찾은 것 같아서.

뜬금없이 친해진 세 얼간이의 1년이 그렇게 지나고 박 군은 스물하나라는 나이가 익숙해지기도 전에 군대에 갔다. 어딜 가든 주목받던 김 군은 대학 시절 내내 여기저기 참 많이도 불려 다녔는데, 내가 회장으로 있던 작은 학회에서도 마찬가지였다. 그는 맡은 일이 많았고, 나는 서운한 마음에 투정을 부렸고, 그도 나에게 서운해했고. 조금 지나자 나도 바쁘고 정신없었고, 그도 바쁘고 정신

없었다. 1년이 지나 내가 감투를 내려놓고서야 우리는 지난 시간을 아까워했다. 제자리로 돌아온 관계는 따뜻하고 즐거웠지만 빈 1년은 나에게 늘 그대로 남아 있는 것 같았다.

박 군이 제대하고도 셋이 만나는 일은 없었다. 교외로도 뻗어 나가는 김 군을 보며 박 군과 나는 "더 이상 우리만의 김 군이 아니야."라며 왠지 모를 서글픈 거리감을 느꼈다. 박 군이 제대하고 몇 개월 지나지 않아 김 군이 입대했다. 그렇게 시간이 흐르고 김 군의 휴가 때도 제대 후에도 우리는 각자 만나곤 했으나 셋이서 보는 일은 없었고, 김 군은 한 학기 뒤에 이번엔 교환학생이 되어 인도로 훌쩍 떠났다. 지금에야 할 수 있는 말이지만 그러거나 말거나 서로를 마음에 담아둔 사람들은 언제든 다시 만나게 된다. 그가 인도에서 돌아오고 5년의 시간을 건너 우리는 같은 장소에서 사진을 찍었다.

오뎅을 하나 골라놓고 기다리니 사장님이 잘 데운 사케를 가져다주었다. 검은 도쿠리가 하얀 머리띠를 탁 동여매고 나온 모습이 꼭 '이랏샤이마세!' 혹은 '간바레!' 하는 것 같은 생각이 들어 입에서 웃음이 새어 나왔다. 김이 모락모락 나는 사케에선 방금 쪄낸 술빵 냄새가 났다. 따뜻하고 향긋한 사케가 식도를 차근차근 짚으며 내려가는 걸

느끼고 있자니 나도 가게 안을 채우고 있는 뿌연 증기가 된 듯 몸이 녹아내리는 것 같았다. 사람들도 그래서 가벼운 엉덩이들을 붙이고 오래도록 앉아 있었겠지.

'차가운 사케' 망언 이후로 사장님은 내가 못 미더웠는지 오뎅 앞에 놓인 간장 종지에 묽은 와사비까지 직접 짜서 휘휘 저어주고 가셨다. '얘는 먹는 법을 전혀 몰라.' 뭐 이런 느낌이었는데, 왠지 그런 취급 받는 게 재미있고 좋아서 따뜻한 도쿠리를 두 병째 받을 때 문득 그런 생각이 들었다. 아무래도 나 여길 오래오래 좋아하고 그리워하게 될 것 같다고. 무심한 듯 손님 하나하나 신경 쓰는 주인 할아버지도, 오늘 김 기자와 여기 앉아서 보낸 시간의 뜨끈함도, 내부가 엄청 습해서 꼭 나까지 공기 중을 떠다니는 촉촉한 증기가 된 것 같았던 기분도 내내 기억하게 될 것 같았다.

차가운 술이 미지근해지면 어정쩡한 쓴맛이 비려 마시기 힘들지만, 뜨거운 술은 미지근해지는 대로 또 그 맛이 적당하다. 나는 내내 김 군이 나에게 시원하고 청량한 존재이길 바랐다. 다만 이렇게 시간이 지난 뒤에 서로의 곁에 나란히 앉아 있을 땐 서로의 비인 시간을 채울 뜨끈한 술빵처럼 포근하고 폭신한 것들이 필요하니까, 그러니까 미지근해진 우리도 못쓰게 되어버리는 게 아니구나.

오뎅집에서 나와 맥주 한두 잔을 더 마신 우리는 강남 큰길가로 나와 헤어졌다. 다만 나는 바보같이 만남보다 헤어지는 일에 시간이 더 필요해서 이날도 어김없이 감정이 구차했다. 기다림은 지난하고 만남은 짧고 헤어지는 데에 주어지는 시간은 없다니! 나는 헤어짐을 잠시 세워두고 문장을 질질 끈다. 네가 했던 다시 만날 사람은 아쉬워하지 않고 바로 헤어질 수 있다는, 마음으로는 잘 받아들여지지 않는 말을 머릿속에 담고 오늘도 손을 놓아준다.

하련

걷다 보니 택시도 잡지 못했다

며칠 밤 자고 일어나면 사라질 12월 끄트머리. 그때쯤이 되면 곧 마주할 새로운 나이에 대한 설렘인 건지, 나만 아는 내 나름의 진지한 불안인 건지 명확히 단정 짓기 어려운 감정들이 난데없이 들이닥쳤다. 1년에 한 번씩 그렇게 기다렸다는 듯이 말이다. 작년에도 재작년에도 꾸준히 그랬다. 변덕 부리기 좋은 시기이기도 하고 평소와는 다른 연말 분위기로 괜스레 내 마음까지 부산해지는 통에 소주보다는 와인이 연말 분위기를 내는 데 제격이라며 고집부리기 일쑤였고, 순댓국보다는 크림이 진득하게 고인 뇨키나 얄딱구리한 맛을 품은 치즈 따위를 더 찾아 먹는 게 무슨 안정제를 먹는 것처럼 좋았다.

어김없이 성탄절이 지났고, 어김없이 몇 개 남지 않은 달력의 숫자를 바라보며 설렘과 불안 사이의 오묘한 위치에 서서 나는 익숙하게 초조해하고 있었다. 연말 스페셜 무대처럼 찾아온 심술과 변덕을 해소하고 싶어 죽을 것만 같았다. 친구나 나나 소주가 제일 잘 어울리는 사람들이었지만, 연말이니까 멋 좀 내보자며 와인이나 칵테일을 마시는 게 좋겠다며 익숙한 2층의 작은 술집 계단을 올라갔다. 언젠가부터 혼자서나 혹은 하나, 둘 정도 더해 자주 가는 곳이라서 아슬아슬한 계단에 어느 정도 단련이 되어 이 짧은 다리로도 성큼성큼 거침없이 오르내리던 곳.

도착한 날이 장날이라도 되듯 거리에 눈이 내렸다. 어둑한 하늘 어디에선가 시작됐을 함박눈은 가로등 불에 부딪히고 빛이 되어 찬란하게도 쏟아졌다. 내가 기대고 앉은 창문틀에도 빛은 종종 주저앉았다. 질서 없이 한쪽 벽면을 가득 메운 낡은 외국 지폐에서는 오래된 책 냄새가 났다. 작은 테이블 사이사이에서 흘러나오는 정돈된 소음은 허공을 떠돌지 않고 바닥으로 은은하게 주저앉았다. 내가 코를 킁킁대는 동안 건너 앉은 너는 너만 아는 노래를 흥얼거렸고, 어느새 우리 앞에 와인 두 잔과 치즈가 도착했다.

"오늘 분위기 참 좋다."

머지않아 옛 노래 「백만 송이 장미」가 흘러나오니 수염이 코와 턱을 둘러싼 멋쟁이 중년 신사와 동양계 부인은 자리에서 일어나 허리와 어깨와 손을 잡고 춤을 추었다. 그 모습이 꼭 백조 같았다고 해야 할까. 그들은 지금 유유히 흘러가는 강물에 두둥실 떠올라 함께 춤을 추는 거다. 저들은 오랜 세월 동안 같은 속도와 호흡으로 저렇게 같이 강물 위를 거닐었겠지.

우리는 서로의 취향대로 치즈를 골라 혀 위에 올려두고는 우리가 지금 얼마나 근사한 곳에서 멋진 것들을 지켜보며 술을 마시고 있는 건지 뽐내기라도 하듯 서로가 알고 있는 가장 아름다운 단어들을 조합해 그 자리에서 만든 '오늘 밤의 낭만'을 낭독했다. 와인잔 주둥이를 경쾌하게 부딪쳤다. 몇 모금 남았을 와인은 붉은 치마를 흔드는 듯 매혹적으로 찰랑거렸다.

창문틀도, 벽에 붙은 지폐들도, 흘러나오는 노래도 모두 늙고 낡아 깊고 자잘한 주름이 지고 그 주름 사이로 흘러가는 와인을 마시는 그곳의 사람들은 나이도 시간도 날짜도 잊고 그 순간의 낭만을 만끽하고 있었다. 우리처럼 말이다.

소리가 단절된 바깥세상에는, 아직 성탄절을 잊지 못

한 거리에는 캐럴이 흘러나오고 있을 테고, 나뭇가지마다 노란 전구들이 제멋대로 엉켜 깜빡이고 있을 것이다. 내려다보이는 창문 너머 골목은 술에 취해 비틀대는 사람들의 일렁임으로 유독 요란스러운데, 이 낭만을 깨고 분주한 저 골목의 파도 속으로 빨려 들어가는 게 나는 불길하고 두렵다고. 그러니까 우리 이곳을 쉽게 나서지 말고 오늘 이 여운을 핑계로 여기서 좀 취해보자 말했다.

각자 마실 진토닉 두 잔을 더 주문하면서 나는 "좀 더 진하게 부탁드릴게요."라는 말을 잊지 않았다. 난 오늘 진짜 취할 거니까. 아마 그 후로도 우리는 몇 잔을 더 마셨을 거다. 한두 잔으로는 입이 아쉬웠을 테니까. 입만 아쉬웠을까. 취하다 만 기분도 아쉬웠겠지.

술을 마시고 음악을 듣고, 그칠 줄 모르고 쏟아지는 눈을 구경하면서 우리는 쉴 새 없이 재잘댔다. 카페인 과다 섭취로 무자비하게 나대는 심장처럼 몇 시간을 내내 쿵쾅대다 보니 프러포즈라도 받은 것처럼, 대단한 날을 맞이한 것처럼 호들갑을 떨어댔다. 다행스럽게도 친구 역시 맞장구를 치며 흘러나오는 노래를 가로질러 큰 소리로 말했다.

"야, 여기 꼭 이탈리아 같아!"

가본 적도 없는 이탈리아를 자랑스레 언급하며 오늘

이 정말 남달리 아름답다는 걸 강조하고 싶었던 모양이었다. 더 이상 짙어질 어둠도 없어 차라리 이대로 새벽이 떠오르면 참 좋겠다고 덧붙여서 말했다.

새벽 3시가 다가오는 걸 보고서야 몇 시간을 여기 있었지? 낄낄 웃어대며 황급히 계산을 마치고 나왔다. '내일'이 오늘이 되어버린 걸 모르는 듯 여전히 빈틈없이 움직이는 사람들 틈을 비집고 들어가 방향도 잃고 정처 없이 걷다 보니 결국 집으로 돌아가는 택시도 잡지 못했다.

춥다, 춥다 하면서 갈 곳도 없이 무작정 걷다 친구가 취기가 남았는지 꽤 심오한 말을 남겼다. "만약에 여기서 얼어 죽어도 인생의 마지막 날이 굉장히 낭만적이었으니까 나름 괜찮을 것 같지 않냐?" 눈도 계속 내리고 오늘은 죽어도 좋을 날이긴 하겠다 싶어서 "괜찮은 계획인데? 오늘 같이 죽을까?" 하고 웃었다.

우리가 마무리 지어야 할 건 오늘 하루지, 우리 인생이 아니야. 빨리 집에 가자. 가사도 모르는 「백만 송이 장미」를 흥얼거리며 인적이 드물어진 거리를 마저 걷다가 멀리서 다가오는 택시에 손을 흔들었다. "내일 연락할게." 하고 아쉬운 인사를 나누었고 "내일 아니고 오늘이야." 하고 마지막 문장을 다듬으며 택시 문을 닫았다.

'오늘 자고 일어나서 우리 다시 만날까?'

겨우 자리 잡은 고단함을 끌어안고 잠이 들려는 찰나, 정적을 깨고 메시지 알림은 요란하게도 울렸다. 나와는 다르게 도통 잠을 이루지 못하는 친구의 방에는 이미 해가 떠오른 모양이었다. 너와 나의 진짜 연말이 이렇게 시작되는군.

나는 '그래, 그러자.'고 메시지를 보냈다.

하련

이월의 청주

내 나이가 스물여섯이 된 지 두 달이 되던 날에 나는 갑작스레 집을 뛰쳐나와 일산에 집을 구했다. 큰 평수는 아니었지만 천장이 높은 복층이었기 때문에 평수보다 훨씬 넓어 보이는 집이었다. 부모님과 살던 집에서 급히 나온 터라 들고나올 짐이 많지 않았다. 콜밴을 불러 당장에 급한 옷가지와 신발, 작은 이불과 담요를 챙겨 일산으로 도망치듯 떠나왔다.

모든 것이 불안하고 불안정하던 시기였다. 몸을 뉠 곳이라고는 싸구려 소파 베드뿐이었고, 가구라고는 나무로 짠 공간 박스 여섯 개가 전부였다. 텔레비전도 없고 인터넷도 되지 않는, 그럴싸한 가구 하나 갖춰지지 않은 텅 빈 방에 눕는 것이 어쩜 그리 불안했는지 모른다. 새카만 밤이 무서워 불을 끄지 못했고 적막함이 어색해 밤새 라디오를 틀어두어야 했다.

아무리 손을 뻗어도 닿지 않을 높다란 천장은 마주 보고 누운 나를 덮칠 것만 같았고, 한쪽 벽면을 가득 채운 창문으로 서늘한 냉기가 스며들어 코끝에 매달린 체온을 빼앗아가기 일쑤였다. 그렇게 나는 매일 밤 쉽게 잠들지 못했다. 정말이지, 스물여섯 꽃다운 나이의 이 인생에 금이 가는구나 싶었다.

멀쩡한 정신으로 밤을 보내고 있으면 혼자 덩그러니 남겨진 방에 떠도는 먼지가 되어 사무치게 외로웠고, 지인들과 술을 마시고 잔뜩 취해 들어온 날이면 온종일 갇혀 있던 공기가 평소보다 더욱 냉정하게 등을 돌려 서글퍼졌다. 출처를 알 수 없는 불안감은 불시에 찾아와 밤새 나를 찔러댔다. 덕분에 내가 살아 있는 게 맞긴 한 건지, 잔뜩 엉킨 꿈속에서 내내 헤매고 있는 건 아닌지, 도무지 정신을 차릴 수가 없어 참 많이도 울었다. 그런 갖가지 일들을 핑계 삼아 나는 흠뻑 취할 술을 찾았다.

집 앞 마트를 한 바퀴 돌다 우연찮게 백화수복을 집었고 그대로 한 병을 계산하고 집에 돌아온 날이 있었다. 단단하고 하얀 컵을 꺼내 술을 가득 따르고 전자레인지에 넣어 1분 30초 시간을 맞추고는 따뜻해져라 따뜻해져라 그렇게 주문을 외웠다. 주문의 효과는 꽤 좋았다. 애착 이불처럼 손에서 놓지 못하던 빨간 담요를 몸에 칭칭 휘감은 채로 주저앉아 따뜻하게 데워진 술잔을 두 손으로 쥐고 홀짝홀짝 마셨다. 덩달아 전자레인지에서 1분 30초를 빙글빙글 돌다 나온 것처럼 담요에 싸인 내 몸은 평소와는 다른 온기로 채워졌고, 나는 그대로 벽에 기댄 채 잠이 들었다.

데운 청주를 한 잔 마시는 일은 집 한 켠에 모닥불을 지피는 것과 같았다. 지독했던 2월 내내 나는 모닥불 앞에 등을 구부리고 앉아 서늘해진 손을 뻗어 추위를 달랬다. 입술을 적시고 목구멍을 따라 몸속 구석구석 퍼지는 한 모금으로 불쑥 찾아드는 두려움을 다독이다가 불씨가 채 꺼지기도 전에 나는 잠이 들곤 했다. 숱한 밤을 그렇게 보냈다.

보슬거리는 담요와 손에 쥐었던 컵의 온기, 입술에 남은 청주 향은 오래된 자장가처럼 남았다. 여전히 나는 적막을 깬 냄새와 촉감과 벽을 타고 스며든 겨울 밤공기의 기억을 끌어안고 잠이 든다.

현경

삼월의 포장 생맥주

그해 3월, 나는 학교 연구실에 들어갔다. 연구라 해봐야 제품 디자인 연구실이라 리서치를 하고 콘셉트를 짜고 모델링을 해, 작은 프로토타입을 만드는 일이었다. 학교의 다른 공대 친구들이 랩실이라 부르니 우리 또한 그리 부르는 것일 뿐, 연구실보다는 작은 회사에 가까웠다. 그 당시 우리는 주로 학교와 관련된 것들을 만들어냈다. 건축 모형을 사다 교문을 만들고, 아크릴을 깎고 붙여 로터리에 세울 상징물과 종이로 된 것들, 학생증 따위를 찍어냈다.

교수는 저녁 랩 미팅 시간마다 식사와 함께 맥주를 준비해두라고 말했다. 저녁 식사는 주로 양념 닭구이나 치킨, 그리고 주황색에 가까운 애매한 색의 용기에 담긴 포장 생맥주였다. 교수는 우리가 일주일 동안 해온 일과 앞으로 할 일에 대해 들으며 맥주를 한두 잔 마시고 가버렸기 때문에 남은 맥주를 어떻게든 처리하는 일은 우리 몫이었다. 교수가 연구실을 떠나면 우리는 모여 김빠진 포장 생맥주를 마시면서 잘 알지도 못하는 디자인에 대해 떠들어댔다. 디자인이란 이래야 한다느니, 이렇게 디자인을 해야 한다느니, 커리큘럼은 어떻게 바뀌어야 한다느니 하는 이야기들이었다.

얼마 후부터는 낮에도 포장 생맥주를 마시기 시작했다. 오전 수업을 마치고 점심시간에 연구실로 돌아온 내게 후배가 "언니, 술 마실래요?" 하고 물었던 이후부터였다. 낮에도 학교 안에 있던 치킨집에서 맥주를 마실 수야 있었지만 우리는 항상 그걸 포장해와 연구실에서 마셨다. 낮부터 전교생들이 볼 수 있는 곳에서 술을 마시고 있기엔 조금 부끄러웠기 때문이다. 그 포장 생맥주는 매번 맛이 없었지만, 우리는 항상 그걸 커피나 보리차처럼 두고두고 오후 내내 마셨다. 그러고 있다 보면 해가 졌고 서향으로 난 연구실 창으로 누런빛이 들었다. 나는 연구실 소파에서 낮잠을 자고 일어나 다시 밀린 과제나 일을 했다.

술을 마시자던 후배는 열심히 작업할 때도 많았지만, 가만히 앉아 있는 시간이 더 길었다. 아마도 책을 들춰보거나 인터넷으로 여러 사람의 작업들을 훑어봤던 것 같다. 그렇게 후배는 조용히 앉아 있다가도 누구보다 멋진 아이디어를 가져왔다. "여기서 이런 소재를 썼고, 여기서 이런 재료를 썼는데 둘을 합쳐보는 게 어떨까 싶어 제가 디자인해본 건 이런 느낌인데." 하며 혼자 조용히 모델링을 하거나 작은 프로토타입을 만들어오곤 하는 식이었다. 암산으로 수학 문제를 풀어내는 것 같았다. 덧셈 뺄셈까지 식을 손으로 적어 풀던 나는 조금 샘이 날 정도였다.

그렇게 한 해를 보내고 나는 디자인이라는 것과 디자인을 하는 일에 신물이 났다. 재능 없는 나 자신도 싫었고, 늘 시간과 성과에 쫓기는 일도 싫었다. 그래서 연구실을 '탈출'하겠다며 다른 학과에서 디자인과 관련 없는 심리학이라든지 국제경영이라든지 하는 별 관심 없던 수업을 듣기도 하고 어느 회사 기획팀에 인턴으로 지원하기도 했다. 그때 나는 앞으로 디자인을 하지 않겠다고 마음먹었다. 학교로 돌아가서는 경영학이나 공학 수업을 들어야지 다짐했다.

얼마 전 오랜만에 포장 생맥주를 함께 마시던 후배를 만났다. 후배는 내게 제주도로 간다고 말했다. 학부를 졸업하고 수능을 다시 친다는 이야기는 들었지만 제주도에 있는 학교를 간다니 의아했다. 디자인이 좋지만 자신을 죽여가면서 살고 싶지는 않다고 했다. 자기 자신이, 꼬박꼬박 월급을 받아 먹고사는 일이 우선이라고 했다. 디자인 같은 것이라든지, 만들고 싶은 것들, 하고 싶은 일은 그 후에 하는 게 맞는 것 같다고 했다. 다시는 디자인 회사로 돌아가지 않겠다며 뜬금없이 약대를 간 한 언니가 떠올랐다.

후배는 복작복작 사는 게 싫어 서울에 있는 학교엔 원서를 내지도 않았고, 제주도에 있는 대학의 수의학과로 간다고 했다. "제 방은 심지어 오션 뷰예요." 하며 저 멀리 바다가 보이긴 하는 창 사진을 보여주는데, 이 친구가 이곳에서 디자인 같은 걸 하지 않으면 더 행복해질 것 같다고 생각했다. 속으론 잘하던 친군데 아쉽다고 생각하면서도 "잘됐네. 잘할 것 같아."라고 말했다. 어디서든 뭘 하든 누구보다 잘할 친구였으니까. 이제는 후배가 힘들어서 낮에 포장 생맥주를 마시자는 말을 하지 않아도 될 것 같았다. 아쉬우면서 슬프기도 기쁘기도 배신감이 조금 들기도 부럽기도 했다.

후배를 만나고 돌아오는 길에 창작을 하는 일과 먹고사는 일에 대해 생각했다. 무언가를 만들어내는 일은 언제나 온몸과 마음을 바쳐야 한다. 자신을 통째로 제물로 바치고 기도하면 "너의 기도가 갸륵하니 결과를 내려주겠다."라는 계시가 들려온다. 하지만 그게 좋은 결과인 경우는 아주 드물다. 대부분은 먹고살 만큼의 좋은 결과로 이어지지 않는다. 어쩌면 후배의 결정이 정말 현명한 것일지 모른다는 생각을 했다.

아이들에게 영어를 가르치며 연명하던 시인은 돌연 글을 쓰겠다며 일을 그만뒀다. 시 한 편을 투고해 받는 돈은 시인이 내게 사주던 하루치 맥줏값에 불과했고, 소설 한 편을 써 보내 받는 선지급금보다 영어 과외로 버는 일주일 급여가 많았다. 그림을 그리는 지인들은 여전히 카페에서 아르바이트를 하고, 노래를 만들어 부르는 분은 '따로 하는 일이 있다.'는 말을 한 후로 오래도록 새로운 곡을 발표하지 않고 있다.

무언가를 만들어내는 일과 먹고사는 일. '그냥 퇴근 후에 취미로만 해.' 하는 말들을 듣고 친구들이 사주는 술을 얻어 마셔도, 그래도 여전히 자신을 제물로 바쳐 쓰고 그리고 만드는 사람들이 있다는 것, 아직도 잘 모르겠다.

덧. 그 친구는 아직도 낮에 캔 맥주를 마신다고 한다.

재은

오늘의 미련스러움

텅 빈 시간들에 가만 앉아 다리를 꼬았다가 펴본다.

이내 반대 방향으로 감아올리며 균형을 맞추어보아도 한쪽으로 비틀린 감각을 똑같이 되돌려주려는 마음은 정의로움을 몰라서 나는 네 눈물이 마르지 않도록 아직은 완전히 마르지 않은 잔을 채운다.

우리는 지나간 아무도 여기에서 만날 수 없겠지만 세모로 접었던 책의 모서리는 아무래도 자국을 남기기 마련이어서 나는 마음 한 켠을 여기에 포개어 놓는 일이 근심스러워 종이를 수없이 넘기고 나서야 돌아가려 하지만, 아까의 기분은 이미 간데없이 망망하고 우리는 오늘도 볼 수 없는 사람을 털어 넣는다.

빛처럼 스미다 어느덧 어둠이 짙게 깔리는 변덕스러운 창의 건너편처럼 멋대로 조명을 바꾸는 새벽녘이든가 해질 녘이든가 나는 늘 마음 내린 곳 없어 빛에, 시간에 휘둘린다.

눈물이 날까 봐 조깅으로 온몸의 수분을 빼버린다고 억지를 쓰던 금성무의 마음이 이랬을까. 우리는 눈물이 그칠까 금세 서로의 잔에 고량주를 따라 붓는다. 모든 슬픔이 그만두고 싶은 마음은 아니다. 우울에 잠겨 있는 당신 이제는 거기서 좀 나오래도. 우리는 다만 미련스러움이 유일한 자랑거리다. 깜박거리는 불빛을 뒤집어놓는다. 어느 것도 당신이 아니다. 아무도 당신이 아니다.

· · ·

"날이 참 좋고 당신이 좋고 당신이 고른 안주가 좋아 가끔 이렇게 잔잔함이 넘쳐나는 밤을 보낸다."

술자리 녹취록 #2

#소맥 | 자매
#지방사람
#동네
#가족이야기

A 나는 택시 기사님들이랑 제일 많이 하는 얘기가, 이게 서울에서 타면 길을 잘 모를 거라 생각하잖아. 나는 근데 길을 잘 알긴 하는데, 그래도 일부러 서울말을 쓰려고 노력을 하지.

B 초반에는 절대 말을 안 했잖아.

A 그래, 그거 네가 말했어. 서울말 쓰는 방법. 작게 조용히 말한다. 힘없이 말한다였나?

B 공기로 말한다. 그래서 전화 오면 취소하고 택시라고 문자하고.

A 나는 택시 기사님들이랑 제일 많이 하는 얘기가 '제가 지방에서 와가지고.' 이런 얘길 하면. 아, 그전에 일단 길을 다 아는 척을 해. '아, 여기서 내부순환로 타시면 될 거 같아요.' 아니면 북한산 터널 얘길 하거나. 근데도 이야길 하다 보면 '제가 시골에서 와가지고.' 이런 얘길 하게 돼. 그럼 기사님이 시골 어디서 왔냐고 한단 말야. 그럼 언양에서 왔다고 하면.

B 응?

A 우리 학교가 울산 언양읍에 있어. 언양에서 왔다 그러면 택시 기사님들이 꼭 언양 불고기, 언양 불고기 그러고. '언양 불고기 많이 먹었겠네요.' 이러신단 말야?

B 언양 불고기가 그래서 언양이야?

A 대구 가면 현풍에서 왔다 그러면 '아, 현풍 곰탕 많이 먹었겠네요.' 이런 말을 많이 해. 근데 사실 내가 현풍에서도 현풍 곰탕을 한 번도 안 먹어봤고, 언양에서도 언양 불고기 한 번 먹어봤나? 5년을 살았는데 한 번 먹어봤고. 심지어 그 한 번도 엄마 아빠가 와서 먹은 거야. 우리는 안 먹거든 그런 거.

B 아.

A 그리고 심지어 언양 불고기 파는 데도 우리 학교랑 엄청 멀어. 여하튼 기사님들이랑 그런 얘기하면 재밌지.

B 맞재. 얘기하다 보면 기사님들이 지방에서 많이 오셨더라. 근데 가끔 이상한 사람들이 있어. 안암동에서 왼쪽으로 향하는 골목길 있거든? 그래서 내가 그쪽으로 가면 빠르다니까 대답도 안 해. 그냥 딴 길로 가더라.

A 야, 나는 고대에서 탔는데 성신여대 찍고 오더라. 원래 그냥 이렇게 쭉 오면 끝인데.

B 삥 돌아왔네.

A 어, 맞아. 그냥 쭉인데. 기본요금 나올 거린데.

B 그럼 난 그러는데. 예전엔 못 했는데, 왜 성신여대에요? 저 돈 못 내겠는데요. 이래라.

A 아…… 난 그런 말 잘 못 해서.

B 나도 예전엔 못 했는데. 요즘엔 다 그칸다.

A 아니 진짜 뭐 사투리 쓴다고 여기 사는 사람이 아닌 것도 아닌데.

B 맞재. 착한 사람도 많은데.

A 아 그니까 나는 아는 척해. 내부순환 타면 될 것 같은데!

–

B 요번에 이거 그리려고. 하이퍼 하거든. 이거 물고기.

A 아. 하이퍼 리얼리즘? 그. 수중 사진작가 있는데.

B 제나.

A 제나 홀러웨이. 예술의 전당에서 그 작가 전시할 때 갔어?

B 어. 그 뒤에 대구에서도 하던데.

A 전시 작품 수가 많지 않았잖아. 근데 그게 진짜 너무 감명 깊고 멋있었어.

B 동화!

A 강아지 있는 거랑. 내가 사진전을 그렇게 좋아하진 않는데 사진전이 그렇게 충격적으로 멋있는 건 처음이었어. 너무 아름답고.
(30초 침묵. 배경 음악은 비와이의 「Day Day」)

B 내가 하고 싶은 것 중 하나는 힙합. 랩을 좀 연습을 해가지고.

A ○○이 그거 하는데. 걔 공연도 하고. 원래 줄리아드 붙었다가 돈 없어서 못 갔음.

B 어디?

A 줄리아드.

B 줄리아드를 붙었다고? 힙합으로?

A 아니. 원래 드럼 쳐. 그래서 강사도 하고 그랬는데. 지가 가르친 애들 수석으로 가고 하니 씁쓸해하던데.

A 오. 신기하네. 뭔가 미술이랑 음악이랑 무슨 연관이 있나. 개코도 그림 잘 그리잖아.

B 혁오도 홍대 미대고.

A 빈지노 이런 사람들? 나는 그림은 그리라면 그릴 수 있을 거 같은데 음악을 하라면 진짜 못할 거 같단 말이지.

B 나는 계이름도 모른다고.

A 나는 되게 오랫동안 배웠어. 고등학교 가기 전에도 피아노 배웠

거든. 뭔가 연주할 수 있는 악기가 있으면 좋을 거 같아서. 그래서 중학교 끝나고 중3 때부턴가? 그때 피아노 배우고. 내가 고3이 남들보다 좀 일찍 끝났으니까 기타도 배우고.

B 어, 저기 나랑 싸운 사장 지나간다.

A 아, 그래? 여하튼 나는 피아노도 배우고 기타도 배웠어. 피아노는 되게 오래 배웠단 말야? 되게 어렸을 때부터 초등학교 4학년 때까진가 배웠는데 악보를 못 읽는 거야, 내가. 양손을 같이 움직이는 것도 못하겠고.

B 나는 게임할 때도 진짜 어렵던데.

A 아, 게임은 난 쉽고.

B 어떻게 그렇게 하지?

A 그럼 너는 오른손으로 붓질만 하고. 아, 어쨌든 내가 피아노를 배울 때 무슨 생각을 했냐면 내가 악보를 읽고 거기 적힌 대로 박자에 맞춰서 못 치니까 피아노 건반이 눌리는 거? 중간에서 봤을 때 오른쪽에서 몇 번째 건반인지 누르는 손의 움직임? 그 선생님이 누르는 그 모습을 보고 그걸 그대로 외워서 몇 곡을 칠 수 있긴 했는데.

B 계이름을 읽는 게 아니고 손을 외워서?

A 어. 악보는 못 봐. 근데 손을 움직여서 어느 건반을 누르는지를 영상으로 외우는 거야.

B 나도 피아노 학원 한 번인가 갔는데. 그냥 친구랑 놀았거든. 그리고 엄마한테 안 가겠다고. 그니까 엄마도 그냥 '가지 마' 했지.

A 나도 되게 오래 다녔는데. 선생님이 얘는 다른 걸 배우는 게 나을 거 같다.'고 해서 미술 학원을 되게 다니고 싶었는데 집이 가난해서 못 다녔어.

B 집이 어려웠구나.

A 어. 우리 집은 좀 어려웠어. 너희 집은 어땠는지 모르겠지만.

B 검도 다닐 때도 가기 싫었는데.

A 나도 딱히 다니고 싶었던 건 없어.

B 어렸을 때는 학원이 필요 없는 것 같아.

–

A 나 스무 살 땐가 언니야가 많이 불편했는데, 언제 한번 지하철을 같이 탔어.

B 우리가 지하철에서 만났다고?

A 스물한 살인가? 입시 끝나고. 입시 끝나고면 스물한 살이겠네.

B 우리가? 아! 아. 모르겠다.

A 언니야가 먼저 갔나 해서 지하철 내려갔는데 언니를 딱 만난 거야. 너무 불편했어, 나는.

B 아 진짜? ㅇㅇ동 살 땐가?

A 아니 스물한 살이니까. ㅁㅁ동. 그때 언니야 셔츠 입고 있었는데.

B 내가 셔츠를 입고 있었다고?

A 그니까 봄 아니면 가을인데. 너무 불편해서 바로 이어폰 꼈어.

B 아니 바로 이어폰 끼는 건 너무 심한 거 아냐?

A 하하. 흐흐. 그리고 자리가 하나 있었어. 내가 앉았지 싶다. 진짜 불편했음. 내가 중간에 내렸거든.

B 왜 중간에 내려? 나랑 같은 동네 살던 거 아니세요?

A 아니, 어디 다른 데 가고 있었지. 그때 너무 불편했음. 그래서 내 고등학교 다니기 전 친구들은 언니랑 엄청 안 친한 줄 앎.

B 나도 뭐 안 친했으니까.

A 그래서 요즘에 친구들이 '어? 언니랑 친하네?' 하면서 놀라고.

B 내가 집에서 ○○○(남동생)한테 말했어. 내가 '프로동생러'로서 20년간 동생을 가져본 사람으로서 동생 만화를 그려야겠다 말했더니 '누나야, 집에 산적도 없잖아.' 이러는 거야.

A 그거 심함.

B 근데 생각해보면 나는 집에서 오래 살았거든. 고등학교 가기 전까지니까 열여섯 살 때까지 산 거지. 근데 ○○○ 입장에서 보면 초등학교 때부터 내가 없었던 거야. 나는 진짜 많이 놀아줬다고 생각하는데. 요즘도 맨날 집에서 며칠 보낼 때 '○○ 군대 가는데, 놀아야지.' 이러면 학교 갔다 와서 '누나야, 지금 지하철역이다.' 그럼 나가서 노래방 가고 그랬거든. 노래방 가면 둘이서 오늘의 테마를 잡고 '오늘의 시작은 발라드 몇 곡.' 하면서 놀았어.

A 발라드도 부르나?

B 우리도 발라드 몇 곡 불러.

A 진짜 남 얘기하는 거 같다. 하하하하.

B 아 그때 재밌었는데 너랑 셋이서 갔을 때 돌아가면서 부르기?

A 친구랑 어느 술집에 갔는데 「천년의 사랑」이 나오는 거야. 그래서 우리 셋이 가서 동생이랑 언니랑 한 소절씩 부르기 했다면서.

B 그거 재밌었어. 원래 ○○○랑 가면 맨날 힙합 부르고 그러는데, 이번에는 다섯 곡 정도를 한 소절씩 부르기 이런 걸 했지. 어려운 노래만 정했는데 세 번짼가 네 번째 곡을 「티어스」로 정해서 앞으로는 「티어스」를 절대 먼저 부르지 말자. 우리는 꼭 끝날 때 슈프림팀의.

A 「땡땡땡」.

B 「땡땡땡」인가?

A 아 그럼 다음에 ○○이랑도. 걔 휴가 나오면 같이 가면 되겠다. 걔 원래 공연했다고 했잖아. 잘함.

B 우리 ㅇㅇ는 군대 가기 전에.

A 1학년이면 그래도 학교 하루는 쨀 수 있는 거 아이가.

B ㅇㅇ 절대 학교 안 쨈. 나랑 술을 새벽 4시까지 마셔도 절대 안 째고 8시에 밥 먹고 학교 감. 나는 보통 아침을 먹는 게 밤을 새우고 너무 배가 고파서.

A 야식으로.

B 어. 야식으로 밥 먹고. 엄마한테 '배가 너무 고파.' 이러면서 밥 먹고. 그때 자서 1, 2시에 일어나고. 근데 ㅇㅇㅇ는 7시? 8시에 일어나고. 8시 20분에 일어나면 늦었다고 그냥 나가고.

A 나는 언니야가 '학교 안 가나?' 그럼 3시면 2시 55분에 나가고.

B 그래서 내가 집에서 너는 5분 전에 나간다고. 10분 전에 일어나서 5분 전에 나간다고 했지. 그럼 ㅇㅇㅇ는 '어우, 뭐야.' 하지.

A 그래도 내 지각 안 함. 아이스티도 먹으면서 감.

B 나는 학교랑 집이랑 5분 이상이었던 적이 없어. 심지어 캠퍼스 안에 있는 기숙사에 살았는데 30분 전에 나가서 진짜 천천히 걸어갔어. 1교시는 절대 없고. 10시면 '아, 수업 가기 싫다.' 하고 천천히 가다 보면 5분 전에 도착했어. 그러면 너무 일찍 나왔다 싶어서 더 늦게 나오고, 또 늦고. 여하튼 간에. 너무 덥네.

A 맞제.

· · ·

"너희는 갈 곳이 있는데 나는 어딜 가도 혼자 있을 것 같아서 괜히 두려운 거야. 한잔 더 하고 싶으면서 되게 쿨한 척 인사하고 보냈는데, 잔도 채 비우지 못하고 떠난 술자리가 괜히 혼자 아쉬운 거야."

재은

서로에게
닿으려
애를 쓰던 밤

그러니까 무더운, 아주아주 무더운 일요일이었다. 그렇게까지 더울 일이 아니었는데 6월 초입부터 맥없이 미루고 밀리던 약속이 두 달을 넘어가기 직전이었던 탓이다. 더 이상은 안 되겠다 싶어 초강수를 둔 것이 24년 만의 폭염, 37~8도를 웃도는 바람 한 점 없던 날의 오후 5시 광화문이었다. 따로 약속을 잡아 만나는 건 처음이라 그녀를 기다리는 동안 새삼스레 오늘의 만남을 가져다준 날을 떠올렸다.

프라이빗 공간을 운영하는 그녀가 여행에서 사 왔다던 일본 소주를 절반 이상 마셨다. 제대로 마주 보고 이야기를 나눈 건 그때가 처음이나 다름없었는데, 나는 원래 가끔 염치가 없다. 주고받는 신세 한탄 속에 움트는 우정이 있는 법이라는 말로 그날의 나를 둘러댄다. 그녀는 차를 가져와서 한두 잔으로 그쳐야 했고, 나는 늘 그렇듯 내일이 없는 것처럼 마셨다. 출근을 걱정하지 않게 된 지 꽤 되어서.

다음 날 퇴근하고 집에 돌아와 전날에 대해 생각했다. 괜히 신소리를 하지는 않았을지, 친구도 아닌데 너무 편하게 대한 건 아닌지 걱정할 즈음 모르는 이름과 번호로 무사하냐는 연락이 왔다.

'이 여자 매력 있다고 제대로 어필. 어제는 길이길이 기억에 남을 술자리였어요.'

응? 이 맛에 술을 마시는 걸까. 정신을 차리려고 해도 자꾸만 발목을 잡는 사람들이 생긴다. 요즘도 가끔 그녀가 그날 했던 이야기들을 언급할 때, 나는 대부분을 기억하지 못했지만 그날의 내가 꽤 진솔하고 말이 많았다는 사실만큼은 알 수 있었다. 그녀에게 제법 깊은 속마음을 털어놨다 싶었지만 걱정은 하지 않았다. 술을 마시며 깨닫게 된 사실 중 하나는 나는 술을 마시고 거짓말은 거의 하지 않는다는 것이다. 어떤 뻘소리를 했건 간에 뒤늦게 끼워 맞출 말도 변명도 없을 거였다.

인간은 본디 서로를 견디기 어렵게 고안된 존재라 폭

염 속을 누군가와 걷는 일에는 강한 의지나 동기부여가 필요하다. 이날의 우리는 서로 당신과는 이 더위를 견딜 이유가 충분하다고 여겼던 건지, 폭염에 시위하듯 그늘 없는 망망한 광화문 광장을 꼭 붙어 걸으며 서촌으로 갔다. 나는 그녀의 손을 이끌어 서촌에서 늘 먹는 된장해물 라면과 그녀가 좋아한다는 깻잎전을 시켰다.

우리가 얼마나 마시게 될지 가늠이 되지 않아 도쿠리를 한 병 시켰다. 따뜻한 것 없느냐고 물었는데, 짧은 파마 머리에 앞치마를 한 아주머니는 여기는 일식집이 아니라 그런 것은 없다며 "일식집에 가면 그렇게 해주던데 우리는 아녀."라는 말을 작은 목소리로 덧붙이셨다. 백화수복을 보란 듯이 꺼내 우리 눈앞에서 도쿠리에 따라주시더니 세 병째에는 "아이코, 너무 많이 따랐다."라며 술을 가득 담은 도쿠리로 직접 우리 잔을 채워주셨고, 잔에 넘치게 따라주신 다음에는 "아이코, 도쿠리가 너무 비어버렸다."라며 도쿠리를 또 한가득 채워주셨다. 세 병째라 이렇게 해주는 것이라고. 취해가는 건 우리인데, 세상엔 취한 사람들을 좋아해 주는 이들이 참 많은 것 같다고 생각했다.

어디에서 이런 말들이 계속 나올까. 우리는 오늘이 아니면 서로를 알 길이 없을 것처럼 다투듯 묻고 답하고 또 털어놨다. 누군가를 알아가고 싶을 땐 말 한마디 한마디가 아쉬운 법이니까, 오늘이 아니면 언제 할 수 있을지 모를 말들을 서로 구석구석 뒤져 찾아내느라 애를 쓰던 밤이었다. 우리는 계속해서 도쿠리를 채웠고, 자리를 옮겨서는 내가 벼르고 벼르던, 뜨거운 밤에 어울리는 뜨거운 도쿠리를 주문했다. 오뎅을 놓고 잔을 채우고, 마지막은 소주로. 과한 행복엔 쓴맛을. 적당한 쓴맛이 없는 완벽한 행복이란 가짜처럼 느껴지는 법이라, 언제나 마지막은 소주가 가장 어울렸다.

내가 했던 말들이 어떤 의미가 되었을지 나는 모른다. 내 말이 누군가에게 꼭 필요한 말이었을 거라 확신하는 것만큼 확실하지 않은 일은 없어서 우리는 다만 상대방을 위해 최선을 다해 전할 뿐이다. 사람이 사람을 좋아하면 닮은 점은 크게 느껴지고, 다른 점조차 인연인 것처럼 보이는 법이지만 어쨌든 그녀와 나는 닮은 점이 많아 공감하느라 보낸 시간만 몇 도쿠리였다. 그렇게 처음 서로를 알아가는 시간에 그녀가 나에게 준 가장 좋은 것은 본인이 관계를 만들어나가는, 대하는 방식에 대해 내 눈을 보고 말해준 것. 대놓고 말하지 않아도 꼭 나에게 우리 그 관계를 같이 만들어가자고, 자기가 그렇게 우리를 지켜나가고 싶다는 것 같아서 우리는 정말 소주 없이는 그

자리를 끝낼 수 없었을 거라.

버스를 타겠다는 나를 굳이 몇십 보 앞의 정류장까지 데려다주겠다며 본인의 택시에 태운 그녀는 택시 기사님에게 나를 요 앞에 내려달라고 했다. 다만 아마도 그녀보다 조금 덜 취한 것 같았던 나는 "이 '언니'가 저를 너무 좋아해서 그러니 집까지 잘 부탁드립니다." 인사하고 택시에서 바로 내렸다. 그렇게 딱 한 번 언니라고 불렀다. 대외적으로 그녀를 부를 가장 적절한 호칭이기도 했지만, 왠지 내가 그녀의 사적인 영역에 조금 더 깊숙이 들어간 듯한 긴장에 잠시 두근거렸던 것 같다.

관계라는 건 당신을 부르는 단어 하나에도 영향을 받는다. 나는 사람을 부를 때 꽤 다양한 단어를 사용하는데, 단둘이 마주 앉은 자리에서도 당신, 당신의 직책, 당신의 이름, 당신의 애칭, 그리고 우리가 익숙한 관계의 부름까지. 그 모든 게 당신이지만 그 이름 하나하나에 다른 우리가 보인다. 모든 호칭을 자연스럽게, 애교 섞어 부를 수 있는 사이가 되었을 때쯤에 우리는 어떤 모습일까.

하련

여름이니까

그림자 없는 개의 영혼이 들러붙어 이성을 잃은 채 길을 배회하던 시절이었다. 비가 내리던 여름날, 나는 그 당시 아주 뜨거웠던 홍대 거리에서 잔뜩 술을 마셨고 예상했던 대로 머리 꼭대기까지 취한 날이었다. 해가 정수리를 쏘아붙이던 시간부터 우리는 술을 마셨고 어둠이 깔린 지 한참이 되어서야 헤어졌다.

술에 취해 평소 버릇대로 지하철역을 지나쳤고 우산을 쓰고 기억에 없는 길을 걸었다. 횡단보도 앞에 서서 파란불을 기다리며 힘없이 비틀대다가 우산도 없이 후드를 깊게 눌러 쓴 낯선 이에게 다가가 우산을 씌워주며 말했다.

"줘긔엳 비 마즈명 앙대엳."

10년이 지났어도 잊을 수가 없다. 그 남자의 표정과 눈빛을. 뒷일은 기억하지 않는 걸로.

현경

그렇게 술만 마시면 속 버려요

여전히 잠들지 못하는 밤들이 이어진다. 실망과 분노, 조금의 연민이 뒤엉킨 눈들은 나를 향해 있다. 회색빛 작은방 안에서 그 눈들을 견딜 수가 없다. 그렇게 시간은 새벽 4시가 넘어간다. 하는 수 없이 술기운을 빌리기로 한다. 오늘은 정말 안 마시려고 했는데, 구시렁대며 얇은 셔츠를 걸쳐 입고 나선다. 지난밤에 쌓였을 꽁초와 구토가 가득한 생맥줏집 화장실을 낀 골목을 지난다. 저 멀리 내부순환로와 나지막한 산 사이로 새로 뜰 해의 흔적이 보인다. 길을 지나면 조금 일찍 길을 나선 사람들과 동네에서 가장 늦게까지 하는 술집에서 떠밀려 나온 사람들이 있다.

편의점에서 맥주를 네 캔 고른다. 오늘 몇 캔을 마시든 언젠가는 네 캔을 다 마실 거니까, 하는 생각을 한다. '네 캔에 만 원' 하는 이벤트에 속하는지 한 번 더 확인한다. 맥주를 고르는 데에 큰 고민은 하지 않는다. 어차피 맛을 음미할 마음은 없으니 적절하게 달거나 향이 강하지만 않으면 된다. 하이네켄, 아사히, 칭따오 같은 이름난 맥주 세 캔에 대충 손에 잡히는 무엇이든 된다. 안주는 없다.

그렇게 편의점 앞에 앉아 있던 때가 있었다. 내가 앉아 있던 시각은 언제나 해가 뜨기 직전, 세상이 푸른 회색 빛깔로 보이던 때였다. 해가 뜨기 직전이었지만 해가 뜨길 기다렸다기보다는 해가 제발 뜨지 않았으면 좋겠다고 생각하던 새벽이었다. 편의점 앞 의자만 하나 꺼내다 맥주를 마시고 있다 보면, 일찍 깬 노인들과 생각보다 술에 취해 집으로 들어가는 앳된 젊은이들이 앞을 지나갔다. 나는 있는 듯 없는 듯, 그들을 관찰하는 듯 아닌 듯, 아무것도 하지 않으며 아무것도 아닌 채로 그 자릴 지켰다.

얼마 후에는 늦은 밤에서 아침이 오기까지의 시간 동안 편의점을 지키는 할아버지가 알은체를 하기 시작했다. 처음에는 편의점으로 들어오는 내게 꾸벅 인사를 하다가 나중에는 매일 새벽 4시쯤 술을 사가는 내게 "잠을 잘 못 주무시나 봐요?" 묻곤 했다. 가끔은 편의점에서 나와 헛둘헛둘 팔 운동을 하며 내게 근처에 사느냐는 질문을 던지기도 했다.

그러길 며칠째, 편의점 할아버지는 내게 안주를 내어주기 시작했다. 과자라든지 육포라든지 하는 편의점에서 파는 안주들. 아마 안주도 없이 막걸리를 병째 마시던 날이 처음이었던 것 같다. 편의점에서 파는 육포면 가격이 꽤 될 텐데, 모르긴 몰라도 편의점을 봐주는 한 시간 정도의 대가는 되리라. 그는 내게 번쩍거리는 포장지의 육포를 건네며 "술만 마시면 속 버려요."라고 말했다.

그날 나는 알지 못하는 누군가의 호의에 하루를 더 살아냈다.

재은

염치없는 새 칫솔

휴대전화 알람을 끄고 얕은 잠을 붙잡았다. 출근 시간이 다 되어 아직 술이든 잠이든 덜 깬 눈을 부볐다. 누군가의 책들이 가득한 선반과 모르는 것들 투성이인 방, 채 다 펼치지도 않은 이불 사이에 억지로 몸을 끼워 넣은 어제의 내가 있다. 꾸깃꾸깃 구겨져 있던 몇 시간 전의 기억들이 금세 몽롱한 아침을 비집고 나왔다. 아, 지난밤도 흐릿하다. 누군가 해외에서 사 온 술을 조금 염치없이 마시고, 다음 날 출근을 걱정해주던 이의 집에서 하룻밤을 신세 졌다. 새 칫솔까지 내주었던 곤히 잠는 방 주인에게 지킬 수 있는 마지막 남은 예의는 말없이 집을 빠져나가는 것. 휴대전화의 지도 앱을 켜, '내 위치' 버튼을 눌렀다. 조심조심 어제의 나를 그대로 일으켜 현관문을 열고 나왔다. 나는 아직도 어제에 남아 있는 기분인데 날씨는 얼마나 찬란한지, 출근하러 가는 길의 장미는 또 얼마나 예쁘게 피었는지, 기분이 너무 좋아져서 '내가 지금 이게 기분 좋을 일이냐.'고 생각하면서도 이상하게 자꾸만 기분이 좋아서 이번에도 반성은 하지 않기로 했다. 장미 흐드러진 초여름엔 조금 염치없이 사람을 좋아해도 된다.

하련

가방에 팝콘이 왜 있어

이마에 들러붙은 머리카락을 대충 손바닥으로 쓸어 넘기며 막걸리로 더위를 식히던 여름날이었다. 이미 얼큰하게 취했는데 더 취해 보자며 맥주를 마셨다. 몸속에 켜켜이 쌓인 막걸리 위로 맥주가 쏟아져 꿀렁대며 섞여버리니 정신이 온전할 리가 없었다.

어떻게 잠들었는지도 기억하지 못한 채 해가 뜨자 눈을 떴다. 머리통을 부여잡고 아무렇게나 벗어 던진 옷가지를 정리하다 보니 방구석에 노랗게 물들어 있는 지난밤의 가방과 눈이 마주쳤다. 한참을 생각했다. 이게 도대체 뭘까.

용기를 내어 열어본 가방 안에는 간밤에 맥주를 마시

며 집어삼키던 카레맛 팝콘이 구역질을 해대며 널브러져 있었다. 기본 안주로 나왔던 그 팝콘이 정말 맛있다며 한 입 가득 담아 우걱우걱 씹어 먹는 걸로는 성에 차지 않았던지 가방에 팝콘을 잔뜩 부어 챙겨왔던 모양이다.

스스로 망친 어젯밤을 한탄하며 학교에 가겠다고 현관문을 나서니 익숙한 팝콘이 계단 하나하나 빠짐없이 1층 대문 바깥까지 정직하게 내가 걸어온 그 길에 놓여 있었다. 팝콘은 지난밤 나의 행적을 기억하고 있었다. 이제는 하다 하다 취해서 지가 가는 곳이 자기 집인 줄도 모르고, 길 잃을까 걱정돼 팝콘으로 길까지 표시해놨다고. 아, 내가 바로 현대판 헨젤과 그레텔. 헨젤과 그레텔이 계모에게 버림받았을 때 다시 집을 찾아가기 위해 미리 길가에 돌멩이나 빵 부스러기를 떨어뜨려 두었다고 하지.

재은

혹시 내가 어제 귀걸이 한 짝 빼줬어요?

그러니까 다음 날 일어나 보니 이어폰이 없고, 새로 산 귀걸이는 한쪽에만 걸려있고, 목걸이는 가방 안주머니에 들어 있었다. 와중에 지갑은 잘도 가져왔다는 생각을 했다.

[혹시 내가 어제 귀걸이 한 짝 빼줬어요?]

[ㅋㅋㅋ그럴 리가]

그럴 것 같지 않은 상황에 대해 굳이 물어보는 이유는 실제로 그런 짓을 자주 하기 때문이다. 그로부터 근 일주일쯤 지나 그날 멘 가방을 그제야 확인한 건지 그가 물었다.

[근데 내 가방에 노트 뭐지? 기억이 없는데]

결과적으로 귀걸이도 이어폰도 잃어버렸지만 다른 걸 주고 온 거다.

[주고 싶었나보다…… 잘 쓰세요.]

자주 그랬다. 엄청 취했든 조금 취했든, 술이 들어가면 가방을 뒤적여 무엇이든 꺼내 당신들의 손에 잘 쥐여줬다. 물론 가방이나 주머니에 뭔가 있어야 줄 수 있으니 다행히 아무것도 잃지 않고 돌아오는 날도 있지만, 내가 가지고 다니는 게 대체로 책 따위라 책을 주고 오는 경우가 많았다.

술 마시고 가방에 걸어놓은 레고 열쇠고리를 빼준 적도 있었는데, 「레고 무비」 주인공인 에밋이었다. 지금 읽고 있을 너에게 돌려달라는 말은 아니지만 독일 뮌헨의 레고 가게에서 사 온 거였어. 기억나니? 그때 네 것도 사다 줬잖아. 회사에서 처음으로 일로써 성과를 거뒀다는 친구에게 노란 몸통의 클래식한 연필 한 다스를 선물로 꺼내주고, 기분이 안 좋다는 친구를 그냥 보내는 마음이 답답해 다 읽지도 못한 헤세의 책을 억지로 쥐여줬다. 얼마 후 책을 다 읽고 덕분에 기분이 좋아졌다고, 이 작가가 세상에서 글을 제일 잘 쓰는 것 같다는 연락이 와서 그럼 나도 이제 마저 다 읽고 기분이 좋아지고 싶으니 다음에 갖다 주겠냐고 물었다.

왜 자꾸 뭘 주고 오는지 모를 일이다. 경험상 술버릇이 생기는 데에는 이유가 있다. 이 웃기고 도움 안 되면서도 싫지 않은 주사는 아무래도 내 마음이 눈에 보였으면 싶어서 생긴 것 같다. 유치하고 고전적인 방법으로 사랑받고 싶은 마음에 자꾸 뭐라도 주고 싶은 거. 한편으로는 물질적으로 나라는 인간을 보상하려는 심리도 있었다. 대체로 거침없이 말하는 나는 사실 소심하고 자존감이 부족해서인지 사랑받는 데에는 영 소질이 없다. 좋아해달라고 보챌 용기도 없지만 그렇다고 가만있기에는 안절부절못하는. 다만 누구에게나 결핍이 있고 나는 그걸 채우는 방식으로 당신들을 채우며 스스로 가득 차려고 할 뿐이다. "내 만족을 위해서 내 마음을 받아줘."라는 뻔뻔한 말을 하는 나는 사실 뻔뻔한 게 아니라 당신에게 너무 잘해주고 싶어서 그런 거라고 치자. 술 마신 다음 날, 너 어제 나한테 책 던진 거 기억나냐는 연락을 받았다.

[응 안 나는데…… 다음에 가져 와ㅋ]

재은

우리는 서로를 해결할 수 없고

술 마시고 종종 부모님 이야기를 했다. 어느 시점까지는 엄한 부모님을 향한 불평이었고, 대외적으로 어른 비슷한 게 되고 난 뒤에는 내가 감내해야 할 책임과 부모님에 대한 걱정 반 투정 반이었다.

우리 가족은 술을 마시는 경우가 거의 없어서 모두 늦은 귀가와는 거리가 멀었다. 내가 한 시간 반 거리의 대학에 다니게 된 뒤로 저녁 8시쯤이면 집에 언제 오냐는 연락이 왔다. 엉망진창으로 놀던 새내기 시절의 나는 부모님의 관심과 걱정이 싫었다. 부모님이 몇 번쯤인가 학교까지 나를 데리러 오시는 일이 생긴 뒤로는 집이 엄한 애라는 꼬리표가 붙었다. 물론 집에 일찍 가고 싶은 날의 술자리에서는 좋은 핑곗거리였지만, 열혈 새내기였던 나에게는 늘 아쉬운 일이었다. 다만 나이를 먹을수록 '잠은 역시 집에서 자는 게 최고'라는 걸 깨닫고는 외박에서 손을 뗐다.

대외적으로 어른이 되는 시기는 아마 학생이라는 수식어를 잃게 될 즈음이려나. 마지막 학기가 끝났으나 졸업은 하지 않은 채였다. 가장 친한 친구와 졸업식을 함께 하려고 졸업을 유예했다. 한 달 정도 취업 준비를 하다가 포기한 가을의 초입이었다.

제주도에 홀로 일주일 일정이었다. 숙소에 도착하자 날은 이미 어두웠다. 짐을 풀고 나오니 게스트하우스 투숙객들이 바다가 보이는 마당에 커다란 원목 식탁을 옮겨 작은 술자리를 준비하고 있었다. 학생들의 방학은 끝났을 때라 대부분 이직을 준비하는 직장인들이었다. 그 어색하고 설레던 첫날 밤이 지나고 다음 날 느지막이 일어나자 북적대던 숙소가 텅 비어 있었다. 아무 계획도 없던 나는 다른 투숙객과 점심을 먹으러 나갔다가 바다가 보이는 카페에서 오후를 다 보내고 날이 어두워졌을 때쯤 돌아왔다. 게스트하우스의 하루라는 게 생각보다 지루한 반복인 모양인지 새로 온 사람들이 또 작은 술자리를 준비하고 있었다. 그 자리에 끼어 마주 앉은 사람과 한참 이야기하다 보니 그는 나와 같은 대학에 다니고 있었고, 함께 아는 사람까지 있어서 우리는 정말 어딜 가서도 착하게 살아야 된다는 이야기 따위로 금세 가까워졌다.

얼큰하게 취한 사람들이 마당의 평상을 들어다가 바닷가 바로 앞으로 술자리를 옮겼다. 나는 그날 바닷바람에 시원하게 취했고, 눈을 떠보니 아침이었다. 거실의 원목 식탁에 앉아 부산스러운 사람들을 멍하니 지켜보다 문득 오늘 밤 잠잘 데가 없다는 사실을 깨달았다. 달랑 2박만 예약하고 비행기를 타버려서 어제저녁에 숙소를 알아보다가 술자리에 끼어버린 거다. 그리고 나도 내가 취할 줄은 몰랐지. 라면을 끓이는 게스트하우스 매니저에게 오늘 하루 더 자도 되냐고 물었다가 이내 세상만사가 다 귀찮아져서 내일모레까지 되느냐고 고쳐 물었다.

"모레는 안 되고 오늘만 돼. 근데 너희 어제 엄청 웃겼어." "너희가 누군데요." "너랑 같은 학교 다니는 애." "왜요?" 매니저는 끝내 뭐가 웃겼는지 말해주지 않았다. 다만 그보다 이른 아침에 그 대학 동문이 나갈 준비를 하면서 사람들한테 자기 친구가 만들었다는 엽서를 나눠주는데 나만 안 주길래 물어보았다. "나는 왜 안 줘요." "네가 필요 없다며." "내가?" "어제 자기 전에 보여줬는데 네가 됐다 그랬잖아." 그는 왜인지 나를 흘겨보고는 엽서도 주고 스티커도 주더니 스쿠터를 타고 떠났다. "너희 말다툼한 거 기억 안 나? 진짜 웃겨 죽는 줄." 지금도 그 때의 대화가 궁금하지만 상대방이 굳이 알려주려고 하지 않는 건 그냥 모르는 게 낫습니다.

둘째 날도 할 게 없어서 마당에 놓인 캠핑 의자에 앉아 책을 읽으며 시간을 바다에 흘려보냈다. 오후엔 큰 매니저와 작은 매니저의 차를 얻어 타고 시내에 나가서 종일 헤매고 다녔다. 돌아오는 버스에선 어제 점심을 같이 먹은 사람과 마주쳤다. 신기하다고 하길래 "저는 원래 이렇게 인연을 끌어당기는 사람이라 언젠가 저를 또 만나실 거예요."라고 했는데, 5년 정도 지난 지금까지 마주친 적은 없다. 저녁거리를 사서 들어가니 매니저들의 옛 군대 동기들이 놀러 와 다른 투숙객들과 마당에서 즐거운 시간을 보내고 있었다. 어정쩡하게 그 자리에 끼어버렸는데 작은 매니저랑 엮이는 통에 별 재미는 없어 일찍 잠들었다.

마지막 날, 나갈 채비를 하고 식탁에 앉아 시간을 보내는데 동네 아저씨가 매니저를 찾아왔다. 정돈되지 않은 머리칼과 수염에 흰머리가 듬성듬성 섞인 그 아저씨는 매니저가 숙소 일을 하느라 바쁜 탓에 멀거니 앉아있던 나와 말을 텄다. 나는 제주도에 내려온 이유를 대다가 부모님 이야기를 꺼냈다. 그때의 제주도행은 내가 가진 부채 의식으로부터의 도피였다. 관광도 하지 않았고 식사도 대충 때우며 가져온 책을 읽고 멍 때리다가 밤엔 게스트하우스에서 술을 마시는, 지극히 가벼운 일상에 숨이 트인다고 했다. 아저씨는 무심한 말투로 자식은 원래 부모에게 빚지러 온 존재라고 대꾸했다. 네가 신경 쓸 일이 아니라고.

시간이 지나도 잊히지 않는 말들이 있다. 상대방이야 무심코 한 말이었겠지만 끝끝내 누군가의 인생에 흔적을 남기는. 자식이 부모에게 빚지러 온 존재라는 말이 나에겐 꼭 그래서, 그 순간에 아저씨가 앉아있던 모습과 그 뒤에 난 창으로 보이던 마당, 하늘, 바다 풍경까지 기억이 난다. 그리고 나는 한참을 정말 그런 줄만 알았다. 시간이 꽤 지난 지금에 와서 묻는다면, 자식이 부모에게 빚지러 왔다는 말을 곧이곧대로 믿지는 않는다. 아저씨가 철없는 20대에게 해준 말이 문장 그대로의 단순한 의미가 아니었을 거라는 생각을 한다. 부모에게 빚질 수밖에 없는 상황을 피하거나 해결하려고 하지 않아도 된다는, 어차피 그럴 수 없다는 말이었을 거라고.

우리는 서로의 인생에서 벗어날 수 없다. 서로를 해결할 수도 없다. 다만 끝나지 않는 관계의 채무가 버티게 하는 삶에 대해 생각한다. 나를 무너지지 않게 하는 걱정과 책임에 대해. 우리는 서로를 참 많이도 사랑해서, 혹은 미워해서 자신의 인생마저 함부로 할 수 없다. 나는 여기 마음 깊숙이 들어와 있는 당신의 몫을 고민한다. 아마 앞으로도 종종 술을 빌려 인생을 망설이게 하는 사람들에 대한 이야기를 할 것 같다.

현경

팔월의 산미구엘

필리핀 어느 시골의 작은 편의점에서 통통한 갈색 병에 흰색 라벨이 프린트된 산미구엘을 몇 병 들고 나왔다. 그런 나를 보고 필리핀 친구들은 왜 그런 술을 마시느냐고 물었다.

"한국에서는 이 맥주가 엄청 비싸. 예전에 마셔보고 싶었는데 7달러 정도 해서 못 마셨어. 여긴 1달러도 안 하잖아."라고 답했다. 친구들은 가격이 7달러나 한다는 사실에도 놀랐지만 필리핀에서 산미구엘, 특히 갈색 병의 산미구엘은 할아버지들만 마시는 술이라서 내가 마시려는 게 의아했다고 한다.

스페인의 맥주 브랜드인 산미구엘이 필리핀에서 만들

어지는 이유는 스페인이 필리핀을 식민 지배했을 때 세웠던 산미구엘 공장을 그대로 남겨놓고 갔기 때문이라고 한다. 식민 지배에 대한 사과의 의미로 산미구엘을 필리핀에서도 만들어 팔 수 있게 했다. 산미구엘은 한국에서 자주 볼 수 있는 갈색 병 맥주 외에도 여러 종의 맥주를 만들고, 그 맛이 한국의 그것들과는 비교도 안 되게 맛있다.

필리핀에 간 건 IT 봉사를 하기 위해서였다. 겨우 대학교 2학년 과정을 마친 터라 나는 나도 잘 다루지 못했던 그래픽 툴을 가르쳤다. 그곳의 컴퓨터공학과 4학년 학생들에게 포토샵과 일러스트레이터를 가르쳐주었다. "이 탭에는 이런 툴이 있어."라고 설명한 뒤 그 탭에 있는 툴로 포스터나 명함 같은 것들을 만들어 몇몇의 결과물을 보여주는 수업이었는데, 자유방임적이었던 수업을 두고 그곳의 구성원들은 "이것이 한국의 선진 수업 방식이구나!"라고 말했다. 사실 가르치는 방법을 몰라서 생각해낸 방법이라곤 말하지 못했다.

사실 봉사라기엔 호화롭게 먹고 놀다 온 기억이 더 많이 남았다. 우리가 간 곳은 필리핀에서도 수도인 마닐라와 멀리 떨어진 곳이라 물가도 더 저렴했다. 그 동네에선 쉽게 외국인을 볼 수도 없을뿐더러 한국 드라마의 인기 또한 대단했기 때문에 동네 사람들은 우리를 보면 함께 사진을 찍자고 했다. 단지 한국인이라는 이유 때문이었다. 나는 그런 호의들에 항상 마음속으로 '고마워요, 슈퍼주니어!'를 외쳤다. 그리고 한국의 봉사 기관에서는 체류비를 한국 기준으로 지원했기 때문에 항상 넉넉하게 쓰고 배부르게 먹을 수 있었다. 500원이면 한 끼를 먹고 3,000원이면 그 동네에서 가장 좋은 음식점에서 밥을 먹을 수 있었다. 그래서 우리는 3만 원어치 음식을 주문하고 친구들을 불렀다. 무엇보다 좋았던 점은 만 원이면 산미구엘 맥주 열 병에 보드카 한 병까지 살 수 있었다는 사실이다.

우리는 이틀 걸러 하루마다 산미구엘을 종류별로 잔뜩 사서(그래 봐야 만 원어치였다) 교내에 있던 숙소에 학생들을 초대해 마셨다. 학생들이라 해봤자 거의 스물두셋인 우리와 나이가 비슷했다. 그중에서도 나는 두 게이 친구들과 친하게 지냈다. 팀 내에서 '여자'는 나 혼자였고, 게이 친구들은 외국 남자인 다른 팀원들에게 관심이 많았기 때문에 나에게 친구들에 대해 이것저것 많이 물어봤다. 그런 대화를 하다 보면 서로의 문화에 대해 많은 이야길 할 수밖에 없었다. 나는 자신의 성적 정체성을 나이보다 먼저 말하는 필리핀의 문화가 신기하고 또 궁금했다.

하루는 술을 진탕 마시고 우리 숙소 이층 침대 한 켠에 앉아 나를 '시스터'라 부르던 게이 친구 제퍼슨과 오래도록 이야기를 나눈 적이 있다. 제퍼슨은 자신이 '남자를 처음 좋아한다고 느꼈을 때'에 대해 이야기했다. 물론 자신도 당연하게 여자 친구를 사귄 적이 있었고, 나쁘진 않았다고 했다. 그러다 남자 친구를 사귀고 난 후에야 그것이 '사랑'이라 생각했다고, 빛이 번쩍이고 눈물이 날 것 같다고 묘사했다. 그때까지 한국에서는 누구도 내게 '나는 게이야.'라고 말한 적이 없었다. 그들은 학교 친구의 성적 지향이 다르다고 차별하지 않았다.

수업이 끝나면 학생들은 해변에서 서핑을 했다. 우리도 종종 서핑에 따라가고 함께 공놀이를 하고 동물원에 갔다. 길을 가면 동네 사람들은 무언가 구워 먹고, 낮잠을 자고, 삼삼오오 모여 이야길 나누고 있었다. 팀원 중 한 명은 길에서 낮잠을 자는 사람들을 보곤 더운 나라 사람들은 게으르다며 끌끌댔지만, 나는 그래서 그곳이 정말 멋진 곳이라고 생각했다.

아무도 아이들에게 공부를 잘해서 좋은 대학에 들어가 성공해야 하고, 돈을 많이 벌어 좋은 차와 건물을 사야 한다고, 그게 정상이라고 하지 않았다. 북보라카이의 석양을 보며 서핑을 하고 매일 산미구엘에 바비큐를 먹는 삶이야말로 그들의 것이라고 생각했다.

하지만 필리핀 친구와 더 많은 산미구엘을 마시고 더 많은 이야기를 할수록 사람 사는 건 다 비슷한가보다 싶은 생각이 들었다. 그 친구의 친구는 가족들이 아직 게이인 줄 모르고, 다른 옆 동네 친구는 학비도 없고 생계를 유지할 수도 없어 자살했다고 했다.

우리 수업은 컴퓨터공학과의 실습수업이었지만 하루에도 몇 번씩 학교 전체가 정전됐다. 수업이 끝나고 학생들에게 포토샵을 배웠으니 이제 여러 가지 일을 할 수 있겠다고 하자, 학생들은 "우리는 컴퓨터가 없어."라고 말했다. 우리가 가지고 있던 15인치 맥북과 신형 아이폰이 불편하기만 했다.

필리핀을 떠나기 전, 그곳의 친구들에게 "언젠가 한국에 놀러 와. 서울엔 볼거리가 무척 많아."라고 말했다. 그곳의 친구들은 겨우 여름 한 철 시간을 보낸 우리를 위해 엉엉 울었다. 울면서 "우리는 한국에 못 가. 비행기 삯은 우리에겐 너무 비싸고, 여권을 가진 사람도 우리 동네엔 아마 거의 없을 거야."라고 말했다. 나는 "내가 다시 데리러 올게."라고 덧붙였다.

당연히 지금껏 돌아가지도 데리러 가지도 않았다. 가끔 다시 필리핀에 가거나 그곳 친구들에게 서울을 구경

시켜주고 싶다는 생각을 하기는 한다. 그저 세계 맥줏집에서 7,000원짜리 산미구엘을 마시면서, 또다시 새로 나온 아이폰으로 언젠가의 사진을 보며 북보라카이가 이렇게 아름답다 자랑할 따름이다.

. . .

"자꾸만 한 잔 더 하자는 마음은 그런 거다.
우리는 늘 아쉬우니까, 서로의 모든 게."

술자리 녹취록 #3

#건대 | 소주 | 친구
#연애 #재능 #공연

C 아까 무슨 얘기 하려고 그랬어. 양꼬치?

B 양꼬치랑 관련된 어떤 남자.

A 소소한 건데. 소소한 거로 안 맞아서 헤어졌어요. 그 사람이랑. 그냥 대화가 잘 안 통하는 거 있잖아요.

C 걔 아냐? 한남동에서 얘기한 그 남자 아냐?

A 한남동?

B 해운대에서 헤어진 애?

A 아뇨, 아뇨.

B 다 나와. 옷 안 걸어 준 애 있잖아. 해운대에서.

A 아뇨. 그냥 안 맞았어요.

B 왜 사귄 거야.

A 저는 먹는 것도 그냥 주면 먹거든요. 근데 오빠는 먹고 싶은 게 있어, 항상. '이거 먹자.' 하면 나는 '네.' 하고 먹고, 그런 식으로 지냈는데 항상 그러니까 짜증이 좀 나는 거예요. 그게 계속 겹치니까 안 맞는다고 생각이 드는 거예요. 데이트를 하려고 뭐 먹을지 생각하는데, 나한테 뭐 먹고 싶은 게 있냐고 하더라고요. 그래서 내가 주꾸미 먹고 싶다고 그랬어요. '주꾸미를 어디 가서 먹을까.' 이런 얘길 한창 하고 있었는데, 그래서 나는 ㅇㅇ주꾸미 갈까 하

고 있는데. 갑자기 오빠가 '나는 양꼬치랑 주꾸미 중에 고민하고 있어.' 이러는 거예요. 그러다 양꼬치 맛있는 집이 있다고 하길래 그때 전 좀 기분이 상한 거죠.

B 그럴 거면 왜 물어봤대.

A 그니까. 난 주꾸미 먹고 싶어서 가는 줄 알았거든. 계속 양꼬치, 양꼬치 그러는 거야. 그거 먹으러 가고 싶은 거지 계속. 그래서 양꼬치를 먹으러 가기로 했거든요. 근데 가면서 헤어졌어요, 그날.

B 아, 그래서 처음 먹어본다고 한 거구나. 난 지금 '처음 아니네.' 이러려고 했는데.

A 근데 그날 가는데 나한테 계속 물어보는 거예요. 요즘 힘든 일 있냐고.

C 너, 너.

A 요새 힘든 일 있으면 털어놓으라고 하는 거예요. 저는 힘든 일이 오빠밖에 없었거든요. 그래서 말했죠, 헤어지자고. 그래서 저는 양꼬치 먹으러 가다가 헤어진 거예요.

B 양꼬치 먹으러 가다가 헤어지는 사람 처음 봐.

A 그래서 그 뒤로 애들이 양꼬치 때문에 헤어졌다고. 양꼬치 먹으러 가자는 남자 싫어한다고 막.

C 오늘 너무 잘 골랐는데.

A 그래서 안 좋은 추억이 있었죠.

B 새로운 역사를 써.

A 응. 엄청 맛있는데?

B 그 남자가 왜 먹으러 가자고 했는지 이제 알겠지?

–

B 가장 감명 깊었던 공연이 뭐야? 살면서.

A 감명 깊었던?

B 감명.

C 너무 기억에 남는 공연?

A 저는 10센치 공연?

B 단독?

A 단독은 아니고 페스티벌이었는데, 노래하는 거보다 말하는 게 너무 재밌는 거예요. 되게 재수 없는 대학 선배? 껄떡대는 남자처럼 말하는데.

C 너무 싫어.

A 아니 근데, 나는 그게 너무 재밌는 거야.

B 동아리에 한 명씩 있는 변태 선배.

C 내가 회장이었으면 쫓아냈을 고학번 선배.

A 그런 사람 보면 되게 질겁하는데 10센치가 그러니까 뭔가 그런 음악이랑 연결되는? 그래서 저는 되게 재밌고 말도 너무 잘하고, 만족.

C 좋은 공연이 뭐였을까. 되게 많이 보긴 했는데. 나는 뭐랄까, 공연이 좋은 것보다 공연을 보고 나면 현자 타임?

B 아, 이거 진짜.

C 집에 갈 때 너무 쓸쓸해져. 마약을 막 쫙 맞았어, 막 미쳐. 그리고 집에 가는데 카드 찍고, 버카 찍고 막. 1호선 타고 집에 갈 때. 진짜 뭔가 동떨어지는 기분이 들어. 약간 나는 순수하게 '와 멋있다.' 이러지 못하는 것 같아, 결국 나는 왜 저 사람처럼 살지 못할까로 귀결되는 것 같아. '멋있다.'에서 끝나야 하는데, '와, 저 사람은 저렇게 멋있게 사는구나'. 동경으로 끝나야 하는데 질투로 가는 거야. 저렇게 사는 사람도 있는데 우리는 왜 이렇게 살아야 하

지 싫은 거야. 우리는 1호선 타고 가면서 막 찌질하게.

A 저도 그런 생각 한 적 있어요. 저도 공부를 하고 이렇게 지내는데 그 재능이 너무 부러운 거예요.

C 심지어 그걸로 럭키하게 성공한 케이스들은 돈도 벌고, 끼가 있고 재능이 있다는 게 저런 모습이고 나는 그냥 공부를 한다는 거. 공부해서 대학에 와서 지금도 공부를 하고 있고 취업을 하려고 하지. 쟤는 재능이 있어서 보여주고.

B 그런 게 진짜 삶 같아 보이고 내가 공부하는 건 너무 소꿉놀이 같아 보이는 그런 게 있어.

A 나는 성실한 것밖에 없는 것 같고.

C 성실한 것도 없어. 쓰레기.

ABC 하하하.

A 일단 술을 한잔하고.

C 그래서 한동안 권태기가 왔어. 원래는 공연도 많이 가고 했는데 올해는 페스티벌도 안 가고 공연도 잘 안 갔어.

B 나도 비슷한 생각을 한 적이 있는 게, 나는 어쨌거나 지난 1년 동안 창작을 하는 사람이어서 회사에서도 일하고 프리랜서로도 일하고 개인 작업물도 내고 했는데 공연 보러 가는 게 너무 부럽더라고. 그 당시에 회사 소속 프리랜서로 일할 때였는데 공연을 보러 갔더니 공연하는 사람이 저는 힘들고 돈도 많이 못 벌고 이런 얘길 하는데도 되게 부럽더라고. 밴드 공연 보다가 갑자기 쫙 전체로 보이는? 노래 안 부를 때 중간에 쫙 보이는 그게 너무 신기, 그 장면이 제일 좋은 거 같아. 그걸 보는 순간 저 사람들은 창작을 하고 다른 사람들 앞에서 보여주는 일을 하는데 그걸 누가 어떤 노래를 만들건 간에 사람들이 이래라 저래라 안 하는 거야. 나는 그 당시에 클라이언트들이 점점 더 촌스러운 디자인을 원하니까.

A 자괴감 들고.

B 저렇게 스트로크 넣고 박스 넣고, 그림자 넣으라 그러고. 저렇게 촌스러운 걸 하니까 자기 하고 싶은 거하고 안 들으면 말고, 들어주면 좋은 거고. 그래서 좋아 보이더라고. 반대로 홀로 뭔가를 하다 보니까 아무도 피드백을 안 해주고 관심이 없으니까 또 학교에서 공부하는, 석사하고 박사하는 애들이 부럽기도 하고. 순수하게 멋있다고 하면 되는 걸 돈 내고 가서 찌질하게 부러워하고 질투하고.

AC 하하.

B 안 되는데 찌질하게 현자 타임이 오지. 집에 갈 때.

C 내가 이러자고 10만 원 냈나.

A 10만 원 내고 자괴감을 샀습니다. 여기 BGM이 10년 전 슬픔의 노래네.

C MP3 다운받던 때.

B 아이리버로 듣던 노래.

ABC 으하하.

C 그거 「Creep」? 「Creep」이 누구 노래였더라? 이게 기억이 안 나? 아, 라디오헤드.

A 그땐 항상 뭐 이런 노래나 짙은 이런 노래 많이 들어서.

C 어두운 시기였구나.

A 하하. 그리고 그다음 주에 휴학했어요.

C 내 플레이리스트가 그래서 그냥 애들이랑 다 들었지.

B 그게 중요한 거 같아. 내 인스타그램 친구도.

A 음악 통하면 되게 좋은 거 같아요.

B 그래. 그게 그냥 음악이 아니거든. 음악이 통하면 전체적으로 통하게 된다고.

C 그래서 그때부터 ㅇㅇ랑 ㅁㅁ랑 가까워지게 된 거 같아. 인디와 낫인디 사이의 우울한 음악들을 좋아하는. 그래서 그랬던 거 같아.

A 저는 그때도 놀랐어요. 언니 음악 스타일을 완전히 아는 것도 아니고 그냥 그렇구나 했는데 박원 노래를 들었을 때 언니가 생각나는 거예요. 그래서 언니한테 추천했죠. 언니한테 카톡 해야지 이런 게 아니라 그냥 갑자기 이거 ㅇㅇ언니가 좋아할 거 같다고 생각해서 연락을 했던 거거든요.

B 이런 거 너네끼리 하지 말라고.

AC 하하하.

B 여자끼리 쓸데없이 왜 그래.

A 근데 그걸 언니가 갑자기 너무 좋아해가지고. 어, 그때. 아…… 그 생각 했거든요.

C 내가 원래 원모어찬스도 별로 안 좋아했거든. 밝은 애들을 안 좋아했거든.

A 나도 나도.

C 원모어찬스 되게 어둡지 않아? 눈을 감으며~

B 되게 밝은데?

A 저는 박원 때문에 좀 듣기 시작했어요.

C 난 그때 갑자기. 고백하자면 우울증이 제일 심할 때였는데 맨날 방에만 혼자 있었거든. 오후에 카톡이 와 있는데, '언니 이거 들어보세요.' 하길래. 박원 「이럴 거면」? 아닌데, '나를 좋아하지 않는…….'

A '그대에게.'

C 어. 그게 왔는데. 엄청나게 우울한데도 좋더라고. 그래서 몇 날 며칠 그걸 듣고 ㅇㅇ한테도 '이거 ㅇㅇ가 추천해줬어.' 하고 ㅇㅇ한

테도 추천하고 모두에게 박원앓이가 시작되었지.

A 맞아, 그때부터. 모두 박원앓이. 싱어송라이터 많잖아요. 이런 노래 들으면 '이런 감성의 노래를 쓸 수 있는 사람은 누구일까'. 이런 생각이 들더라고요. 그때부터 팬심이 생기는 거 같아요. 그 사람이 잘생겼고 뭐 어떻고를 떠나서 '이런 가사를 쓰는 사람은 도대체 뭘까'. 이런 게 먼저 생각나요.

C 가사가 중요해.

A 그래서 저는 윤종신도 그 찌질한 매력이 너무 좋거든요.

C 우리 오빠 이번 노래 윤종신이 만들었어.

A 맞아요. 그래서 알아요. 「블라블라」?

C 한 개는 윤종신이고, 그 뭐냐 「여전히 아늑해」 그건 성시경 거.

B 아…… 우리 오빠가 규현 얘기구나.

C 우리 오빠가 뭐 더 있나.

B 나는 또 너희 오빤 줄 알았네.

C 뭐. 집에 있는 엄마 아들?

AB 하하하.

A 윤종신도 그래서 멋있어요.

C 그런 게 있지.

A 어. 이 노래도 내가 좋아하는데. (BGM: 「이 소설의 끝을 다시 써보려 해」) 나는 1월에서 6월까지?

C 맞아.

A 가사가 쉽다? 쉽다고 생각돼서 나한테 만들래도 다섯 개 정도 만들 수 있을 거 같은 포맷.

C 요새는 스트리밍을 하니까 다운을 잘 안 받잖아. 그래도 받는 건 가사가 좋은 노래?

A 저는 가사에 감정 이입이 안 되면 잘 안 들어요.

B 맞아.

C 난 목소리가 더 중요한 거 같아.

A 저는 둘 중에는 가사.

C 오래 듣기에는 이입이 되어야 하니까.

A 저는 노래 추천하는 거 진짜 좋아하거든요.

C 우리 노래 추천팸 이런 거 할까.

A 근데 이게 회의감이 들어요. 저는 사귈 때 매번 플레이리스트를 만들어요. 플레이리스트를 매번 적어주거든요. 이 노래 들어, 이렇게.

C 내 스타일이네.

B 사겨라. 너네 둘이.

AC 하하.

A 저는 그게 제 연애의 추억? 이런 거거든요. 좋아했던 사람과의 어떤 추억인데. 요즘은 그럴 사람이 없어서요.

B 우리한테 해.

A 그러지 말죠. 이런 사람도 없고. 요새는 좀 그런 정도로 음악을 듣는 사람이나 코드가 맞는 사람이 잘 없어요. ㅇㅇ언니나 ㅁㅁ언니도 그렇고 △△이도 있고, 있긴 있는데. 이렇게 새로 만나거나 한 사람 중에는 없는 거예요. 그래서 전 인스타그램 계정이 따로 있거든요. 거기에 일기도 쓰고 하는데 '플레이리스트를 추천할 사람이 없다.'고 썼어요. 요즘에는 추천할 사람이 없다. 이즈음에는 이런 노래 들었었는데, 잊힐 때쯤 그 노래 들었었는데. 아아.

C 난 좋아도 딱히 노래 추천을 한 적이 없는데 그랬던 적은 있거든. 우리 학회. 학회에서 자기소개를 할 때 하는 게 있어. 서로 아는 사람이 없는 상태에서 자기가 가장 자주 듣거나 좋아하는 다섯 곡을 번호를 매겨 이렇게 써서 적어 내. 그럼 나 같은 진행자가 나와서 '어떤 노래가 있네요.' 하고 첫 번째 곡을 틀어놓은 다음에

'이 플레이리스트의 주인이 누굴까요?' 이런 얘길 해. 그럼 사람들이 누구 아냐? 누구 아냐? 이러는 거야. 첫인상만 보고. 그리고 누굴까요? 했을 때 재다, 재다 뭐 이런 게 많은데 그게 틀릴 때가 많더라고. 특히 나는 사람들이 절대 못 맞추더라고. 왜냐하면 처음 보는 사람들이 내가 힙합이나 EDM 이런 거 좋아할 줄 아는데 사실 나는 조용한 노래 중에서도 진짜 조용한 노래를 좋아하거든. 그래서 잘 못 맞추더라고. EDM 나오면 바로 재 아니냐 그러고.

B 재밌다.

C 그래서 앞으로도 아이스브레이킹 같은 거 할 때 그걸 하면 재밌을 거 같아.

B 사실 처음 보는 사람들한테 묻는 게 정해져 있잖아. 학교 어디 나왔고 과 뭐고. 사실 그게 그 사람에 대해서 말해주는 게 별로 없어. 차라리 요새 많이 듣는 노래가 뭐예요, 무슨 책 읽어요. 이런 게 그 사람에 대한 걸 많이 알 수 있고.

C 그리고 그게 성격적인 부분을 많이 차지한다고 생각했어.

B 물어보는 방법도 중요해. 갑자기 무슨 노래 좋아하냐고 물으면 나를 대표하는 것 같고 평가당할 것 같으니까, 그건 팩트라기보다는 편집된 팩트가 많으니까. 너무 고민하게 되고 왜곡하게 되는데. 그냥 팩트로 대답할 수 있는 게 더 좋은 것 같아. 요새 많이 들은 노래. 10월에 많이 들은 노래.

· · ·

"혼자 덩그러니 남겨진 방에 떠도는 먼지가 되어 사무치게 외로웠고, 지인들과 술을 마시고 잔뜩 취해 들어온 날이면 온종일 갇혀 있던 공기가 평소보다 더욱 냉정하게 등을 돌려 서글펐다."

재은

영원처럼 비틀거리는 우리

추억은 예고도 없이 온갖 핑계를 대며 불쑥불쑥 찾아든다. 신발장에서 무심코 꺼낸 오래된 신발이나 옛날 MP3 플레이리스트 따위를 마주하는 순간에도 어김없이 자신을 기억하냐며 말을 걸어온다. 그럼 나는 도망갈 기회도 얻지 못한 채 별수 없이 그대로 그들과 마주 앉아 한참이나 지난 시간들을 그리워한다.

3월 말에 친구와 합정동에 볼일이 있어 식사도 할 겸 주변을 돌아보다가 인테리어가 마음에 드는 반지하 가게에 들어갔다. 수제 맥주 위주로 구성된 메뉴판을 보는데 가짓수가 너무 많아 포기하고 싶어질 때쯤 맨 아래 그라울러 밤이라는 폭탄주가 눈에 띄었다. 스타우트와 예거,

크림 베이스의 아이리시 위스키인 베일리를 섞은 폭탄주. 내용물만 봐도 달고 농도 짙은 무거운 술이 분명했지만 친구의 어깨를 흔들며 주문하자고 했던 이유는 '원샷을 권합니다.'라는 호기로운 한 문장 때문이었다.

북유럽과 동유럽 사이 어딘가에 에스토니아라는 작은 나라가 있다. 아는 사람은 많지 않지만 그나마 발트 3국이라고 한 번쯤 들어본 이름을 기억해내는 이들도 있을 것이다. 발트해에서 나오는 호박 보석 속 값비싼 불순물처럼 오랜 시간 고요함을 담아온 숨은 보석 같은 나라.

대학생 때 그 아름다운 나라로 교환학생을 갔었다. 애초에 한국 사람이 없길 기대하고 갔던 곳이라 한국 학생들을 만나고도 나는 같은 기숙사의 외국인 친구들과 어울려 다녔다. 당시 내 영어는 형편없었는데, 친구들도 대부분 유럽 여러 나라에서 온 학생들이라 영어 실력은 모두가 천차만별이었고, 지금 생각해보면 나는 어쨌든 술을 좋아한 덕분에 적응이 빨랐던 것 같다. 술만 마시면 쉽게 입이 트였고, 다들 금세 경계를 낮추고 시선을 마주했다. 그러고 보면 누군가는 영어를 못하는 게 아니라 적당한 용기가 부족한 걸지도 모른다. 가끔 새로운 사람들을 만나는 파티에 갈 때면 알코올로 미리 메마른 용기를 적셔가기도 했으니까.

부모님과 떨어져 사는 게 처음이었으므로 통금이 없는 것도 처음이었고, 친구들도 한 주당 해서 원 없이 술을 마시고 다녔다. 에스토니아는 러시아에 붙어 있는 나라로 덴마크보다 위도가 높아 내가 도착한 8월 말쯤부터는 해가 눈에 띄게 짧아졌다. 그만큼 겨울이 긴 나라여서 보드카 같은 독주도 흔히 마셨고 무엇보다도 술값이 저렴했다.

자주 가던 '레드 엠퍼러'라는 펍이 있었는데, 초저녁부터 음악을 들으러 가기도 하고 부엌에 모여 술을 마시다 새벽이 다 되어서 향하기도 했다. 술집은 중세 시대의 모습에서 달라진 구석이 거의 없는 것처럼 보이는 올드 타운 근처에 있었는데, 기숙사에서 도보로 10분 안에 갈 수 있는 곳이었다. 술이나 분위기에 코끝이 간질거리게 취해 시원한 바닷바람으로 가득 찬 밤의 도시를 건너 술집에 도착하면 먼저 젤리샷을 하나씩 주문했다.

젤리샷은 플라스틱 샷 잔에 정체를 알 수 없는 형광색 젤리를 넣은 것이었는데, 과하게 인위적인 형광이라는 점만 제외하면 '쁘띠첼'과 비슷한 느낌이었다. 다만 실제로는 고흐가 즐겨 마셨다는 공포스러운 색상의 압생트를 고체로 만들어놓은 듯했고, 물론 맛도 끔찍했다. 보드카도 샷으로 곧잘 마시곤 하던 나였지만, 술을 씹어 삼켜야 한다면 이야기가 달라진다. 알약도 한 번에 두 개 이상은 못 삼키던 나는 고체 형태로 주어진 독한 젤리를 한 번에 목으로 넘길 수가 없었다. 아직까지 혀끝이 기억하는 그 특유의 쓰고 자극적인 맛을 우리는 돈까지 지불하고 얼굴 찌푸려가며 꾸역꾸역 삼켜냈다. 젤리샷은 먹는 과정도 험난했는데, 이게 한 번에 쏙 빠져나와 주질 않아서 플라스틱을 부숴가며 여러 번 혀와 이로 씹다 보니 쓴 맛을 영원처럼 느껴야만 했다. 물론 계속 먹으면 요령이란 게 생기기 마련이라 나중엔 능숙하게 꺼내 삼킬 수 있었다. 다만 그 자극에 무뎌질수록 젤리샷도, 새로운 생활과 관계에 들떠 있던 마음도 시간 속에 헤져 우리에게서 점점 잊혀갔다.

그라울러 밤은 점원이 원샷해야 하는 술이라고 했던 것 치곤 양이 많았다. 스타우트 베이스에 크리미한 질감, 거기다 단맛까지 나는, 내가 안 좋아하는 유형만 섞어놓은 술인데도 기분 좋게 다 마셨던 건 아마 그 상황에서 터무니없게 젤리샷이 떠오른 덕분이었을 것이다. 우리가 그렇게 하기로 정해 의미를 부여한 의식을 거치면, 이들은 다른 시간들에서 떨어져나와 특별한 추억이 된다. 친구의 특별한 날을 함께 기뻐하기 위해 그라울러 밤을 두 잔 시켜 쭉 들이켜는 순간부터 그 이후의 모든 이야기는 여타의 기억들보다 소중해진다.

에스토니아에서의 삶이 익숙해져 갈 때쯤 젤리샷 먹는 일을 건너뛰게 됐다. 그러고 보면 그때부터 설렘이 줄어들었던 것 같다. 그 모든 처음의 순간들이 당연한 일상이 되고, 총천연색으로 빛나던 도시가 평범한 색을 입고 나를 스쳐 지나갔다. 북유럽의 겨울이었다. 해는 뜨는 둥 마는 둥 했고, 밤은 깊어졌으며 잠이 많아졌고, 때때로 눈보라가 몰아쳤다.

다만 관습은 언제나 새롭게 생긴다. 우리는 처음부터 끝까지 노을 수준을 벗어나지 못하던 두 시간 정도의 일출과 일몰 사이 작은 틈을 놓치지 않고 늘 베란다에 모였다. 일렬로 난간에 기대어 푸르고 붉게 물든 하늘을 물끄러미 바라보며 커피를 마시고, 함께 태우던 담배 연기를 다 내뱉고 나면 부엌으로 들어와 따듯하고 낮은 불빛 아래 차와 술을 마시며 서로를 보내던 시간들이 있었다.

나는 지금도 미처 덜 신은 신발 뒤축을 끌며 하나둘씩 기숙사 복도에 모인 우리가 줄지어 관리인 할머니에게 인사를 하고 밖으로 나가던 모습과 비틀거리며 술집까지 가던 길을 정확하게 그릴 수 있다. 가끔 희미해진 기어의 잔해가 불쑥 일상을 비집고 들어올 땐 한참을 앓고 그리워한다. 젤리샷, 우리가 함께 듣던 당시의 유행가, 분홍과 연보라가 섞인 세 시간짜리 노을, 너희가 태우던 담배 브랜드는 물론이고 그들과 전혀 상관없는 이상한 이름의 폭탄주까지. 그리움은 아무 곳에서나 불쑥 나타난다. 내가 소중히 한 모든 당신들이 순서도 없이 아무 때나 방문을 벌컥 열고 들어와 나를 울리고 또 웃게 한다.

나는 그리워해야만 하는 일이 정말 싫었다. 괴롭고 지루한, 털어내지지도 않는 슬픈 감정이라고, 그리움의 대상이 생기는 게 싫었다. 친구들과 헤어지던 날 다 같이 버스터미널에 말없이 앉아 있다가 혼자 버스에 오르자 참은 적도 없던 눈물이 쏟아졌다. 굳이 배낭여행을 하겠다며 기숙사에서 일찍 나온 내가 원망스러웠다. 버스가 출발하자마자 너희에게 전화를 걸어 어떡하냐고, 다른 승객들이 다 쳐다보는 데도 창피한 줄 모르고 엉엉 울고 말았다. 다만 지금에 와서 정말 간절하게 너희를 그리워하고 있는 나는 이만큼 누군가를 사랑할 수 있다는 사실만으로도 행복해졌다. 그러니까 이제는 자꾸 그리워할 수 있는 순간들이 생겼으면, 하고 괴로운 만큼 행복한 게 낫다는 생각을 한다.

세상 무서울 것 없이 취한 우리는 어깨동무를 한 채 술집에서 흘러나오던 노래를 부르며 기숙사까지 영원처럼 비틀거리며 걷는다.

현경

칠월의 마티니

스페인 바르셀로나 공항에 도착했다. 공항의 공기를 한 모금 들이쉬자마자, 동행한 이와 나는 누가 먼저랄 것도 없이 며칠 뒤에 탈 비행기를 취소하자고 말했다. 하지만 유럽의 저가 항공권은 취소나 일정 변경을 할 수가 없어, 우리는 결국 바르셀로나에서 고작 사나흘밖에 머무르지 못했다.

조지 오웰은 영국인이지만 스페인 내전에 참전했다. 『카탈루냐 찬가』에서 그는 참전을 위해 배를 타고 가며 저 멀리 바르셀로나의 모습을 보고, 목숨을 바쳐 지켜낼 만한 도시라고 생각했다고 말한다. 바르셀로나는 오래된 계획도시이니 아마 조지 오웰이 본 풍경과 내가 본 풍경이 크게 다르진 않았을 테다. 며칠간 그 도시를 헤집으며 왜 그가 그런 생각을 했는지, 내가 조지 오웰이었어도 비슷한 생각을 했을 것만 같았다.

자정이 넘은 시간. 술, 술을 마셔야겠다고 생각했다. 동행인은 술을 좋아하지 않았을뿐더러 피곤하다며 일찍 잠들었다. 여행지에서는 그곳 사람들처럼 술을 마셔봐야 진정으로 여행을 다녀왔다고 할 수 있다. 술을 사다 숙소에서 혼자 마시고 싶진 않았고, 갑자기 살아난 모험 정신에 나는 혼자 근처 바에 가보기로 했다. 스페인의 덩치 큰 청소년들에게 가진 모든 유로화를 빼앗긴 대도 이상하지 않을 것 같은 골목을 지나 작은 칵테일 바에 도착했다.

바에 동양인은 나뿐이었다. 서울에서는 바에서 혼자 술을 마시는 게 궁상맞아 보일 수 있었겠지만, 그곳에는 나를 아는 사람이 없으니 괜찮았다. 두어 달 짧게 배운 스페인어였지만 굳이 "우노 마티니, 포 빠 보(Uno martini, por favor, 마티니 하나 주세요)."라고 주문했다. 나는 애써 그곳에서 혼자 술을 마시는 일에 어색하지 않은 척하려 했다. 유학생쯤으로 보이면 좋겠다고 생각했다. 정말로 이곳의 유학생이라면 더 재미있겠다 하는 생각을 했다.

마티니를 주문한 이유는 어쩐지 다른 술보다 마티니

를 혼자 마시고 있으면 누군가 말을 걸어올지도 모를 거라고 생각했기 때문이다. 마티니는 그 도시의 그 밤과 잘 어울렸다. 그리 독하지도 않지만 그리 달지도 않았다. 진토닉처럼 재미없지도 않았고, 진득한 깔루아나 블랙러시안보다 바닷가와 어울렸고, 야한 이름을 가지고 있지도 않았다. 여러모로 적절했다.

소주나 맥주를 벌컥벌컥 마시는 것에 적응이 되었는지 마티니는 빨리 줄었다. 너무 빤히 사람들을 구경하면 '말 좀 걸어주세요.' 하는 것처럼 보일까 생각하는 척을 했다. 이곳에서 살면 어떤 느낌일까, 스페인의 다른 지역은 또 어떤 느낌일까, 내일은 어디에 가 볼까, 하는 생각들을 했던 것 같다. 그리고 어쩌면 영화 「비포 선라이즈」 같은 일이 일어날 수도 있겠다는 기대를 조금 했다.

아쉬워하며 마티니를 거의 다 마셔갈 때쯤 스페니시인지, 남미 계열인지, 중동 계열인지 모를 남자가 영어로 말을 걸어왔다. 술을 다 마셨으면 밖에서 맥주를 함께 마시겠냐고 물었다. 나는 조금 고민하는 척하다 어깨를 으쓱하며 그러자 했다.

길에는 아이스박스를 들고 다니며 캔 맥주를 파는 사람이 있었다. 남자는 정중하게 "내가 너에게 맥주를 사줘도 되겠니?"라고 묻고는 그에게서 맥주를 두 캔 샀다.

맥주를 들고 길을 걷다 그와 바르셀로나 항구에 가보기로 했다. 그는 항구의 야경이 가장 멋있다고 꼭 보고 돌아가야 한다고 말했다. 항구로 걸으며 그는 일을 하러 남아메리카 어딘가에서 왔다고 했고, 나는 일로 유럽에 온 것이긴 하지만 여긴 사실상 놀러 온 것이나 다름없다 하는 이야길 나눴던 것 같다.

남자의 말대로 항구에 오지 않았더라면 분명 후회했을 뻔했다. 바닷물은 파랬고 그 위엔 다리와 조명의 흰빛이 끊임없이 넘실거렸다. 술 때문인지는 몰라도 풍경은 울렁거릴 정도로 넘실댔던 것 같다. 늦은 밤이지만 사람들은 근처에 앉아 두셋씩 이야기를 하고 있었다. 우리도 끊임없이 이야길 나눴다. 나는 종종 사진을 찍었고 남자는 사진을 찍어주기도 하고 그곳에서의 삶에 대해 이야기하기도 했다.

한참 그렇게 낯선 이와 이야기를 나누다 남자는 제 갈 길로, 나는 숙소로 갔다. 물론 중간에 남자가 자신의 집으로 가자고 하여 동양 사람들에게는 미안하지만 동양인들이 얼마나 보수적인지에 대해 한참을 말하기도 했다. 컨서버티브(conservative)라는 단어를 그렇게 많이 써 본 건 아마 단어장으로 외울 때 이후 처음이었을 것이다. 한 달 뒤 몇 시에 공항에서 다시 만나자, 같은 말은 하지 않았다.

숙취 없는 마티니 같은 여름밤이었다. 그저 꿈같았다.

재은

당신의 술과 당신의 진심

교환학생 때 켄이라는 일본인 친구가 있었다. 켄은 똑똑했고, 예의 바르면서도 적당히 분위기를 부드럽게 만들 줄 알았다. 일본 학원물에 흔히 등장하는 스타일로 꽤 단정한 샤기컷에 마르고 약간 구부정한 어깨와 까무잡잡한 피부를 가지고 있었다.

기숙사에서 몇 안 되는 동양인 중 같은 나라에서 온 사람들과 어울려 다니지 않는 건 우리뿐이었다. 사실 비율로만 따져도 동양인끼리 몰려다니기가 쉽지 않았는데도, 다들 그렇게 잘 다니고 있어서 우리가 특이해 보이는 건 어쩔 수 없었다. 그게 비교가 되어 나는 유럽 친구들에게 "너는 참 '우리'랑 비슷해."라던가 "유럽 사람 같아."라는 말을 자주 들었는데, 그럴 때마다 나는 너희 같은 게 아니라 그냥 네가 나랑 노는 것처럼 나도 너랑 놀고 있을 뿐이라는 말을 해줘야만 했다. 너무 당연한 걸 설명해야 하는 상황에서는 정말 해줄 말이 없다. 인간관계는 어딜 가나 공통이라고.

우리는 거의 매일같이 술을 마셨는데 켄은 술을 정말 못 마셨다. 맥주 한 캔을 다 못 비우고도 얼굴이 빨개지고 금세 취해서 눈을 반쯤 뜨고 버텼다. 졸지에 기숙사에서 술 좋아하는 유일한 동양인이 된 나는 그곳에서 지내는 내내 '동양인'들은 술을 못 마시는데 너는 특이하다는 시선에서 벗어날 수 없었다. 표본이 적으면 쉽게 편견에 사로잡히기 마련이라 나는 몇몇 한국 학생들과 다른 행동방식을 보일 때마다 "너는 왜?"라는 질문을 받았다. 아무튼 켄은 그런 와중에도 꾸준히 술자리에 나왔고 꾸준히 취했다.

얼마 지나지 않아 켄은 담배에도 맛을 들였다. 우리는 그런 켄을 신기해하면서도 말리지는 않았다. 켄이 왜 그렇게 담배와 술에 매달렸는지 잘은 모르겠다. 다만 그때의 켄은 아마 술을 마시지 않고서는, 담배를 피우지 않고서는 자신이 설 수 없는 자리가 있다고 느꼈던 것 같다. 이전까지 가져본 적 없던 일탈이 매일같이 벌어지는 이곳에서 차와 커피만으로는 얻을 수 없는 관계에의 갈증을 해소하기 위해 선택한 게 술과 담배였던 걸까. 그가 어디선가 2도짜리 맥주를 사 와서는 그 한 병을 밤새 들고 양 볼이 빨개진 채로 능숙한 척 담배를 피우던 모습이 생각난다. 술을 마시다가 베란다로 담배를 태우러 나가던 친구들과 나란히 설 수 있게 되었을 때, 김빠진 맥주 한 병을 쥐고 파티에서 밤을 새웠을 때, 켄이 술과 담배로 원하던 걸 얻을 수 있었을지 나는 늘 궁금했다.

누구보다 가까운 나라에서 온 우리 둘은 그곳의 누구와 비교해도 참 달랐다. 나는 영어를 잘 못했지만 과감했고, 타인의 인생에도 예의 없이 불쑥 끼어들었다. 술을 많이 마셨고 베란다로 담배 피우러 나가는 일에는 관심이 없었다. 어떤 자기방어, 노력, 마음을 온전히 이해할 수는 없지만 나는 다만 술과 담배가 켄의 진심이었을 거라고 짐작할 뿐이다. 우리는 그를 좋아했다. 방법은 달라도 우리는 너희가 좋다는 표현을 해오는 사람을 미워하지 못하는 법이니까.

하련

내가 너 같고
네가 나 같아서

술맛을 알 턱이 없던, 머리에 피도 안 말랐을 나이에 어디서 주워왔는지 얻어왔는지 모를 용기로 소주라는 걸 마셨다. 술을 마셔본 게 손가락 다섯 개 다 접히지도 않을 만큼 경험이 없던 터라 고작 몇 모금에 머리카락이 쭈뼛쭈뼛 서고 몸속이 화끈 달아오르는 새로운 경험과 함께 홀랑 취해버렸다.

그때 나는 이성보다는 감성이 앞서 버렸고, 결국 짝사랑하던 상대에게 '나는 너를 좋아한다.'라는 대단한 고백의 글을 적어 전송 버튼을 눌렀다. 얼마 있지 않아 군더더기 없이 아주 깔끔한 거절의 답변이 돌아왔다. 서론, 본론, 결론을 완벽히 지켜낸 서술형 답안지 같은 거절 의사를 받고 보니 화도 나고 속이 울렁거렸는데, 뜬금없게도 지난번에 마셨던 '술'이라는 걸 마시면 괜찮아질까 싶은 생각이 들어 헛웃음이 터져 나왔다. 아무튼 아마 그때 생각했던 것 같다. 술이라는 게 슬플 때 더 생각나는 걸 보니, 슬플 때 마시면 잘 마실 수 있겠구나 하고. 드라마 같은 데서 볼 때 실연당하고 그러면 포장마차 가서 우동 한 그릇 시켜 놓고 술을 마셔대길래, 그 주인공 기분이 지금 내 기분 같은 거겠지 싶었던 것 같다.

의지할 것이 술이 되어버린 탓인 건지 그런 생각들이 변치 않고 머물렀기 때문인 건지, 덕분에 나는 성인이 된 후로 늘 그렇게 술을 마시고 취하고 울고 지쳐 잠들고 그랬다. 알고 보니 나는 울 일이 많은 사람이었던 거다.

울 계기가 많아서 취하는 일은 생각보다 쉽게 반복됐다. 우울을 섞어 마신 정종으로 뜬 눈을 억지로 감았고, 추억을 섞어 마신 소주로 기억을 잃었다. 사실 술을 마신다기보다는 그냥 들이붓는 격이었다. 맛도 모르고 독한 줄도 모르고 오로지 취해서 몽롱해지는 정신이며 두 개로 나뉘는 초점이며 온전한 정신이 아닌 순간이 되면 생각하던 게 뭔가 잘려나가기도 하고 꼬이기도 하고. 그런 상태를 좋아했던 건 아닌데, 그냥 일주일에 네댓 번을 취기에 갇혀 포효하는 시간이 숙제 같은 게 되어버린 것 아닐까 싶기도 했다.

술이라는 놈은 때때로 약이 되기도 했다가 독이 되기도 했다. 술과 눈물로 범벅된 시간 후에 찾아오는 (지쳐 잠드는) 숙면과 같은 '약'의 역할이 있는 반면에, 잊히길 바라는 간절한 바람과는 다르게 다짜고짜 기억을 각인시켜버리는 잔망스러운 부작용으로 '요만큼' 울 만한 것들을 '이따만큼' 울게 만드는 '독'의 역할도 똑똑히 해내고 있었다.

그렇게 삶의 패턴과 질을 가파르게 깎아내리다 못해 땅을 파고 들어가 별마저 잃은 지하방까지 만들어내는 술이라는 놈이 난 뭐가 그리 믿음직스러웠던 건지 모르겠다. 사이비 종교처럼 근거 없는 믿음과 무한 신뢰 같은 거였을까. 후회도 해보고 회개도 해봤지만 결국 보면 나는 술에 취하는 일을 거침없고 양심 없이 저지르고 있었다.

혼자 마시는 술에 익숙하다가도 술에 취하면 나는 누군가에게 늘 거짓말 같은 것 없이 가벼워진 입을 털고 싶어 죽을 것만 같았다. 우울하니까 우울하다고 하고, 울고 싶으니까 울고 싶다고 지랄 맞게 징징대고 싶었다. 사실 술주정을 달갑게 들어줄 사람은 없겠지만, 내가 불쌍해서라도 한두 번 정도는 들어주는 사람이 있지 않을까 해서 찾는 사람이 몇 있었다. 한두 번이면 되겠지 했는데 취할 때마다 찾는 사람은 정해져 있었다.

언젠가는 내가 빈번하게 연락해대던 A에게 "나 많이 우울한 것 같아." 이 말 한마디가 정말 하고 싶었는데, 그날따라 이 한마디 꺼내는 것이 어찌나 어렵고 부끄럽던지 일단은 입 밖으로 튀어나오는 아무 말이나 한참 동안 지껄이며 연거푸 잔을 비웠더란다.

두어 시간이 훌쩍 지나고 술기운도 훌쩍 오르고 나니 우리 앞에 규칙 없이 놓인 술병들이 어디선가 봤음 직한 징검다리 같기도 하고, 이제는 내가 나불대는 말들이 이 징검다리를 밟고 넘어가서 건너편 누구에게 닿을 수 있을 것 같다 싶어서 어려웠던 말들을 기다렸다는 듯 줄줄 읊어댔다.

"사실 나 많이 우울한 것 같아. 아침에 깨어나도 우울하고 침대에 누워서도 우울하고 지하철을 타고 강을 건너가는 동안에도 우울해. 그런데 술을 안 마시면 더 우울해. 그래서 맨날 술 마셔."

돌아올 말은 "술 마시지 마." 정도의 일반적인 권고사항일 거라는 걸 알아서 그런지 말을 꺼내면서 일찌감치 개운함은 내다 버렸다. 그래, 우울한 건 알겠는데 고작 하는 말이 술을 안 마시면 더 우울하다니. 저 말은 하지 말았어야 하나 싶었지만 '어차피 이미 뱉어서 다시 주워

담지도 못할 말이고, 정말 하고 싶었던 말이니까.' 하고 후회는 접어둔 채 건너편에서 들려올 말을 기다렸다. "술 마시지 마."라는 말이 나오기가 무섭게 미리 준비해둔 핑곗거리로 반격을 가할 태세로 멀뚱히 앉아 있는데 A는 한두 번 겪었던 일이 아니라 어느 정도 해탈의 경지에 도달한 건지 한숨만 쉴 뿐 별말 없이 술잔만 들었다.

뭔가 울어야 할 타이밍 같았는데 '짠' 하는 것도 뭔가 안 어울리고 굳이 내 우울에 대해 뭐하러 말을 꺼낸 건지 나도 이유를 모르겠어서 그냥 술이나 더 마시고 A와 헤어져 집으로 돌아왔다.

연락조차 뜸해졌다가 이제야 가끔씩 메시지를 보내오는 B는 '아직도 술 많이 마시냐?'라고 물었다. 나는 '응, 사람 변하는 거 아니래. 여전히 잔소리 엄청 듣고 살지 뭐.'라고 말했고, B는 '그럼 그렇지. 건강하게 술 마셔라.'고 말했다. '울지 말고'가 아니라 건강하게 술을 마시라니. 술을 마시면서 어떻게 건강을 챙기나, 이 사람아. 그런데 생각해보니 얘는 이왕 그렇게 술 퍼부을 거면 몸이라도 좀 챙기라는 거다. 밥이라도 잘 챙겨 먹고 잠이라도 좀 잘 자면서 술 마시라는 거다. 허술한 내 생활 패턴이 여전할 걸 알아서 그나마 걱정으로 해줄 수 있는 말이 그것뿐이었던 거다. 묘한 명언에 쉽게 설득당해버린 순간이었다.

설득은 당했지만 실행력이 부족한 나는 여전히 내 몸의 건강은 챙기지 않는다. 병원에 가봤자 의사들은 나에게 '신경성'이라는 두리뭉실한 이유를 대며 음식 조심하라는 뻔한 소리만 하는데, 단도직입적으로 술 마시지 말라는 말보다 더 잔소리같이 들려서 병원은 나 죽겠다 싶을 정도가 아니면 찾을 일이 없어졌다. 대신 마음이라도 잘 챙겨보자며 즐거울 거리를 찾아 술을 마셔본다. 그 설득당한 말도 있지만 황폐해진 내 정신머리가 제대로 좀 살자고 애걸하는 기분이 들어서. 핑계 같지만, 핑계 맞다. 술을 마실 핑계. 그래도 그나마 다행이라고 생각해주면 좋겠다. 우울해서 마시는 술이라든지 그냥 심심해서 마시는 술보다는 즐겁게, 맛있게 마시는 술이 내 삶을 꽤 윤택하게 만들고 있다고 설명해야 하려나. 말도 안 되는 소리 하지 말라고 하겠지만 이게 진짜라서 "나 좀 많이 컸네?" 하며 우쭐거리고 싶을 정도라니까.

한 인간이 몰랐던 신의 존재를 알게 된 후 새로운 삶을 얻었다고 간증을 하는 것 같아 보여 좀 우습긴 하다만, 일깨움 같은 걸 주고 싶은 욕심이 있나 보다. 한참을 적어내려 가면서 혼자 참 많이도 웃었다. 그래도 마저 이야기하자면 나도 절망의 술독에 빠져 허우적대면서 살아

봤다고, 나도 그래 봤다고, 그렇게 살아봤는데 그거 되게 할 짓이 못 됐던 것 같다고. 네가 나 같고 내가 너 같아서 걱정돼 하는 말이라는 건 이 정도면 알 거라 생각한다. 그래서 이제는 이왕 술 마실 거 혼자 말고 같이 건강하고 행복하게 오래오래 마시자고 하고 싶어서, 그러니까 이 말을 하려고 앞서 쓸데없는 소리를 낯부끄러운 줄도 모르고 그렇게 주절댄 거다. 내 노력이 가상하게 여겨지면 다시 한번 생각해주면 더 좋겠지만, 이것도 그냥 내 욕심이겠지. 그렇겠지. 이건 결국 그냥 잔소리겠지.

그런데 혹시 그거 아는지 모르겠다. "기가 막히게 맛있는 굴라시를 파는 곳이 있는데, 거기 소주도 팔아."라는 식의 이제는 결이 다른 핑곗거리를 꺼내서 술을 마시러 가는 날이 오면 어, 이것 좀 괜찮네. 싶은 생각이 들게 된다는 거. 그거 꽤 좋은 징조다.

잔소리가 길었다, 미안. 그냥 너도 그랬으면 좋겠어서. 이제 술 맛있게 마셨으면 좋겠어서. 진짜 너도 그랬으면 좋겠다.

생각나면 연락 줘. 내가 기똥차게 맛있는 술과 안주를 챙겨 놓을게.

너, 굴라시에 소주 먹어봤니?

현경

사월의 카스

"요즘엔 꽤 잘 지내요. 해야 하는 일도 나름대로 해내고. 이번엔 웹 디자인 프로젝트를 한 건 했어요. 이 정도면 다 나은 것 같은데. 그리고 저 이제 병원 올 때 택시 말고 지하철 타고도 올 수 있어요. 이제 병원은 안 와도 될 것 같아요. 약도 그만 먹어도 되지 않을까요? 아, 그런데 조금 걸리는 건 요즘 술을 좀 많이 마시는 것 같아요."

다니던 대학병원 정신건강의학과에서였다. 내 얘길 듣고 의사는 조금 생각하다가 술을 얼마나 마시는지 물었다. 나의 대답에 의사는 다음 주부터 다른 상담을 받아야 할지도 모르겠다고 말했다.

의사는 일어나자마자 술을 마시거나 술 생각을 하면

알코올 중독일 수 있다고 말했다. 10여 분의 짧은 상담이 끝나고 진료실에서 나오는 길에 담당 의사의 전공 맨 위에 '알코올 중독 상담'이라고 쓰인 걸 보았다. 그날 대학병원 후문에 있던 약국에서 받아 든 일주일 치 약의 양은 줄지 않았다. 2주가 지난 다음 진료에서는 술을 많이 줄였다고, 아주 가끔 일주일에 한두 번 맥주 정도만 마셨다고 거짓말을 했다. 그리고 그다음부터는 병원에 가지 않았다.

아침, 아니 점심때쯤 깨어나면 눈도 뜨지 못한 채 냉장고 문을 열고 카스 캔 맥주를 꺼내 마셨다. 나의 스물다섯 하루의 시작에 대한 기억은 이런 게 전부다. 그렇게 취한 채로 시작하는 매일을 보냈다. 당시 일상은 이랬다. 점심에 깨어나 맥주를 두어 캔 마시고 다시 누워 있다 보면 늦은 오후가 되었다. 해가 지고 선선한 바람이 불 때면 집 앞 카페에 나가 가끔 아는 사람들의 웹 사이트를 페이지 단위로 몇 장 디자인 해주는 것이 나름의 일이었다.

그렇게 일을 대충 끝내면 스케치 업으로 가상의 공간을 만들었다. 내가 만들어내는 가상의 공간은 언제나 따뜻한 색의 조명이 가득했고, 멋진 가구들이 가득 차 있었으며, 그곳에 있을 사람들이 즐길 거리들이 가득했다. 커피를 마실 공간도 책을 읽을 공간도 만들었지만 가상의 공간에 진짜 사람은 없었다. 마치 그 가상의 공간처럼 내 취한 시간 속에는 만나고 싶은 사람들과 보내고 싶은 시간들이 있었지만 정말로 만날 사람은 없었다. 카페로 향하는 길, 4월의 햇살과 푸릇한 나무들에는 여전히 신물이 났으나, 내가 만들던 공간은 그랬다.

그마저 흥미가 떨어지면 카페 앞 마트에서 여섯 개들이 맥주와 소주나 막걸리 한 병을 사 집으로 돌아갔다. 부러 고른 건 아니었지만 냉장고에는 항상 카스 캔 맥주가 가득했다. 막걸리는 유려한 패키지 디자인의 '경주법주 쌀 막걸리', 소주는 대구 소주인 '맛있는 참'이었다. 경주법주 쌀 막걸리는 1,000원 정도 하는 초록 병 막걸리들보단 몇백 원 비쌌지만, 패키지가 예뻤기 때문에 골랐다. 맛있는 참은 스무 살 무렵엔 다른 지역 소주들보다도 도수가 높았으나 19, 18도 정도로 내려가고부터 마시기 시작했다. 그렇게 비닐봉지에 술을 담아 집에 돌아와 그날 산 술을 한 병씩 마시기 시작했다.

맥주를 한 캔씩 마실 때마다 시간이 빨리 지나갔다. 나에게 맥주는 부질없는 하루하루를 빨리 보내버릴 수 있는 부스트 아이템 같은 것이었다. 흔들지 않고 맑은 윗부분만 마시는 경주법주 쌀 막걸리는 오늘 하루도 살아남았구나, 오늘도 별일 하지 않고 대충 시간을 흘려보냈어도 괜찮다고 나를 격려했다. 아침까지 잠들지 못할 때 마시는 맛있는 참은 울어도 좋다고 말했다.

취한 하루가 더해질수록 답하지 않은 메시지가 답을 하는 메시지보다 많아졌다. 꼬박꼬박 안부를 묻던 친구들은 제 먹고사는 일에 바빠 보였고, 지난 한 주를 어떻게 보냈냐고 묻는 의사도 없었다. 자주 봐서 이젠 익숙해진 카페 직원, 그러니까 "아메리카노 한 잔이요.", "감사합니다." 하는 두 마디만 나누면 되는 깔끔한 관계 하나만이 남았다. 그렇게 안부를 묻는 이들도 약속을 잡는 이들도 줄어만 갔다. 그렇게 꼬박 반년 동안 작은 방에 나를 가두고 혼자 술을 마셨다.

더 이상 아무도 나를 찾지 않자 가을이 왔다. 큰 결심을 한 것도, 없던 야망이나 꿈 같은 게 생긴 것도 아니었다. 하지만 어느 순간부터 앉은뱅이책상에 여전히 놓인 경주법주 쌀 막걸리병과 맥주 캔들 사이로 커피나 비타 500 같은 음료병도 함께 구르기 시작했다. 정신을 차리고 깨어 있는 시간이 필요해졌다. 책 같은 것을 만들기 시작했다.

가을이 지나자 제작지로 이름이 적힌 책 한 권이 생겼고, 바깥에 나가 사람들을 만나기 시작했다. 책을 팔아줘서 고맙다고 인사라도 드릴 겸 이곳저곳, 나중에는 전국을 다니기도 했다. '이 지역에는 이 서점이 있으니 내일 가 봐야지.' 하는 식이었다. 친구들과 어울렸고, 함께 술을 마시는 사람들이 생겼다. 친구들이 소개해주는 또 다른 사람들, 우연히 알게 된 사람들과 책을 통해 나를 찾아주는 이들이 있었다. '다음에 술 한잔해요.' 하는 인사가 가장 보통의 인사가 되었다. 함께 취하니 혼자 취하는 날이 줄어들었다.

내가 그렇게 힘들었는데 지금 이렇게 잘 지낸다는 말을 하기엔 여전히 술을 들이로 사다 놓기도 하고, 집 근처 국밥집에서 혼자 막걸리를 마시기도 한다. '내가 이만큼 술을 잘 마셔.' 하는 이야기는 더더욱 아니다. 그 시간들에 대한 한심함과 고통에 대해서 말하고자 하는 것도 아니다. 어차피 마실 거라면 함께 마시는 술이 낫다. 여전히 아침에 일어나서 맥주 한 캔을 마셔야겠다, 오늘 저녁엔 누구와 함께 술을 마실까, 생각하지만 이제는 씻고 나가 친구들과 함께 점심을 먹고 술을 마신다.

재은

유월의 청하

미리 변명과 이유를 대자면 불안해서 그랬다. 반년을 휴학한 뒤, 이듬해 2월에 졸업을 했고 졸업식 바로 다음 날 유럽으로 배낭여행을 갔다. 이때가 아니면 안 될 것 같아서, 교환학생 시절이 그립고 친구들이 보고 싶어서, 그리고 그땐 잘 몰랐지만 더 이상 학생이 아니게 된 나는 아마 겪어본 적 없는 미래를 마주하는 일이 무서워서 도망가고 싶었던 것 같다. 한 번도 취업에 대해 진지하게 생각해 본 적이 없었다. 온전하게 스스로 서는 일 따윈 하고 싶지 않았다. 졸업하는 순간까지도 나는 늘 지금 같겠지 막연했다. 분명 그러지 못할 텐데도.

배낭 하나 달랑 메고서 다가올 모든 미래를 잠시 멈춰

세운 채 두 달 동안 걱정과 미련을 잊고 지냈다. 이제는 뿔뿔이 흩어진 친구들의 나라를 도장 깨기 하듯 여권에 담았다.

우리는 지난 시간에 오늘을 더하며 내일은 이야기하지 않았다. 1년 전 에스토니아에서 헤어질 때 나중을 기약했던 우리에게는 내일보다 오늘이 간절했고, 감정을 가득 채우려고 짧고도 긴 밤을 지새웠다. 친구들을 만나지 않았던 한 달간은 아무도 나를 모르는 속에서 멍하니, 한 시인의 말을 빌리자면 아름답고 쓸모없는 시간을 보냈다. 평생 아무도 나의 언어를 모르는 도시의 카페에 앉아 글을 쓰며 늘 이렇게만 살아도 되지 않을까 싶었다. 그때의 나는 여행이 끝나도 산다는 게 늘 여행 같기를, 나를 기다리는 사람들은 저기 현실에 그대로 두고 혼자서 그런 걸 바라고 있었다.

4월 중순 한국에 돌아와 상반기 취업 시즌이 끝났다는 핑계로 한동안 빈둥거리며 글을 썼다. 다만 그때의 나는 어디에도 속하지 못했다. 매일같이 혼자였고, 일상을 지탱하는 그 어떤 반복도 없었다. 그게 꼭 결말이 정해진 영원을 사는 것만 같아서 나는 조금씩 지쳐갔고 불안해졌다. 지겹도록 따라다니던 어떤 소속의 꼬리표를 전부 떼어낸 덕분에 나는 자유로웠지만, 처음으로 얻은 온전한 자유는 혼자 감당하기 어려웠다. 이때는 술을 마실 때마다 쉽게 취했고 여러 번 취하고 나서야 내가 아프다는 걸 알았다. 나도 몰랐던 우울이 주변 사람들을 괴롭히고 있었다. 멀쩡한 척 꾹꾹 눌러두었던 어두운 감정들이 술에 취하자 더 큰 반동으로 거칠게 쏟아져 나왔다.

스무 살이 되고서 분기별로 한 번씩 사고를 쳤다. 인간은 똑같은 실수를 반복하는 법이고 나는 3개월 단위로 사고 치고 자숙하고 또 사고를 치는 일정한 패턴을 가지고 있었다. 그러니까 그해 6월은 마침 우울했고 사고 치기 좋은 달이었던 셈이다. 같은 동네 사는 친구 둘을 학교 근처 호프에서 만났다. 나 우울해서 술 마시면 안 좋을 것 같다고 미리 말했으나, 참새가 방앗간에서 쌀 한 톨 쪼지 않고 일어나는 법 없듯 맥주 한 모금 하던 것이 2차의 청하로 이어졌다.

이때부터는 나랑 K만 술을 마셨는데 기억이 온전하질 못하다. 이자카야에서 청하를 한참 마시다가 학교 앞 편의점으로 자리를 옮겨 한 병 정도 더 마셨던 것 같다. 술을 더 사자고 편의점에 들어가서 청하 두 병이랑 감자칩을 샀던 것까지는 기억이 나는데, 딱 거기까지만 기억이 난다. 눈 떠보니 아침, 근육은 자면서 알코올에 다 녹은 것 같고, 속은 메스껍고, 팔과 다리에는 작은 상처들이 생겼고, 어떻게 들어왔는지도 모르겠고. 방문 밖에서 기척이 느껴지는 부모님과 대면하기 전에 친구에게 어젯밤 이야기를 먼저 듣고 싶었지만 가방이 없었다. 고로 휴대전화도 없없다. 결국 어색하게 부모님 얼굴을 먼저 뵙고 친구에게 연락을 했다. 다행히 가방은 편의점에서 발견됐다. 새로 샀던 청하 두 병이 고스란히 든 채로. 그날 부모님은 화를 내지 않으셨다. 꼴이 말이 아닌 나를 대신해 편의점에서 가방도 찾아다 주셨다.

부모님과 친구에게 들은 사건의 전말은 다음과 같다. 청하를 더 사러 들어간 우리는 계산만 하고 술은 더 못 마셨다. 내가 갑자기 집에 가겠다고 떼를 썼고, 와중에 다리가 풀려서 친구가 부축하려고 하자 됐다고 떠밀며 으름장을 놓았다고 한다. 이내 혼자 가겠다고 구르기 시작해서 친구는 아주머니와 언니를 불렀고 그렇게 다 같이 택시를 타고 우리 집으로 온 거다. 부모님은 새벽 2시에 자다가 깨서 경황이 없는 통에 누가 나를 데려왔는지도 정확히 못 보셨다고 했다. 모두에게 죄지은 자가 된 나는 가방 안에 들어있던 청하 두 병을 책장에 고이 올려두었다. 고개 돌리면 늘 보이는 곳에 두고 청하를 볼 때마다 그날의 죄를 상기하며 반성하고 마음을 다잡고자 했는데 엄마가 요리할 때마다 조금씩 사용해서 지금은 두 병 모두 사라지고 없다.

그날 밤 새벽에 들어온 나는 집이 떠나가라 울었다고 한다. 엄마만 목 놓아 부르면서 꺼이꺼이 울다가 잠들었다고. 그 정도면 스치듯 기억이 날 법도 한데 나는 전부 잊었다. 하지만 기억이 난다고 한들 아무 말도 못 하고 엉엉 울어버릴 감정을 감당이나 할 수 있었을까 싶다. 나는 부모님께 단 한 마디의 꾸지람도 듣지 않았다. 엄마는 내가 너무 서럽게 울어서 무슨 일이 있나 걱정만 하셨고, 아빠는 평소처럼 다음부터 그러지 말라고 하셨다. 이날의 교훈은 꽐라가 되었을 땐 집에 가서 울어야 한다는 것이다. 아니다, 우울할 땐 술을 마시면 안 된다는 것이다. 아니, 물론 둘 다 아니다.

부끄러운 이야기지만 지금 생각해도 그날의 의미는 짙게 남아 있다. 나는 삶의 치열함과는 상관없는 사람처럼 그렇게 고고하고 싶어서 흔들리는 스스로를 괴로워했다. 지금도 별로 나아진 것 없이 비슷한 감정을 반복해서 겪고 있지만 그때만큼 괴롭지 않은 건 그날을 곱씹으며 그 우울을 들여다보고 나를 덜 미워하게 돼서 그렇다. 우리는 늘 어수룩하게 삶의 부스러기를 흘리고, 그걸 주우며 스스로에 대해 하나씩 배운다. 가끔은 나를 이해하는 일, 지난한 자기감정을 깨닫고 다독이는 일이 타인을 위로하고 공감하는 일보다 어렵다.

나는 항상 내가 제일 어렵다. 어딜 가도 자신만만한 척하지만 사실 나를 사랑하는 일이 가장 어렵다. 물론 도망가지 않고 애쓰는 이유는 결국 본인한테서 벗어날 방법이 없기 때문이기도 하지만, 이런 나를 사랑하는 사람들을 위해서다. 우울할 때 술은 약인데, 우울함의 정체를 모르니 술이 독이 됐다. 내가 감당할 줄 모르는 정체 모를 슬픔이 내 앞에 마주 앉은 당신에게 무자비하게 쏟아졌다.

현실은 여행이 아니다. 기억나지 않는 어젯밤도 현실, 사고 친 다음 날의 숙취도 현실이다. 나는 다만 여기에 붙박고 담백하게 살아내는 시간으로 나와 당신들을 지켜낸다. 늘 내 아픔으로 사랑하는 사람들에게 상처 주면서도 뻔뻔하게 나를 사랑하려고 애쓴다. 나를 망가뜨리지 않는 것, 그게 당신을 아끼는 방법이라고 믿는다. 청하는 슬픔을 털어내기에 적당한 술은 아닌 것 같다. 한 잔, 두 잔이 너무 쉬워서, 우울을 안주 삼기에는 너무 달아서.

하련

갈증이 가시질 않아서

아마도 해가 중천에 뜬 뜨거운 오후였던 것 같다. 아침부터 블라인드 사이사이로 볕이 요란한 날이었다. 한숨 쉬듯 돌아가는 선풍기 날개에서 습기를 머금은 바람이 머리카락 한 올 한 올 파고들어 제멋대로 엉키던 그런 여름날이었다.

더위에 지쳐 머리맡에 둔 휴대전화를 더듬어 시간을 확인하니 낮 12시가 조금 넘어 있었다. 습기와 땀으로 범벅돼 무거워진 몸을 겨우 일으켜 냉장고 문을 열었다. 밤새 몸을 얼리던 맥주 여섯 캔이 나란히 서 있었고, 나는 제일 먼저 손에 닿는 하나를 집어 꺼내 들었다. 맥주를 쥐고 있던 손바닥은 맥주가 머금은 냉기가 녹아 흥건히

젖었다.

알싸한 첫 모금을 넘기자 맥주는 금세 매력을 잃었지만 주린 배에 채워 넣을 것이 이것뿐이라 목젖을 열어 꾸역꾸역 삼켰다. 잔모래 위를 서벅서벅 걷던 밤, 손에 들린 맥주 하나를 나눠 마시던 뜨거운 여름밤의 누군가는 온데간데없이 사라졌고 홀로 남은 나는 여름 볕에 데워진 맥주를 마시며 떠오르는 기억을 달래야 하는 그 낮을 괴로워했다. 그렇게 나는 꽤 오랜 시간 맛을 잃은 맥주를 몇 캔이나 따 마셨다.

재은

망가지고 부족한 것들이 가장 행복하다

휴대전화를 떨어뜨렸더니 이 녀석이 액정을 퉤 뱉어냈다. 조심스레 끼워 넣고 새 휴대전화를 주문했다. 이상하게도 전혀 화가 나지 않았다.

이날은 망가진 휴대전화 같은 하루를 보냈다. 갑작스레 초대된 누군가의 자취방 베란다에서 숯불로 구운 고기는 전부 탔다. 실내에 연기가 찰세라 배려한답시고 닫아버린 베란다 문이 자동으로 잠겨서 우리는 바깥에 갇혔다. "안 그래도 이거(고기) 먹지도 못하는데 치킨이나 시켜요." "배달해주시는 분한테 문 열어달라고 해야 할 듯." 치킨을 기다리며 우리는 일어날 수 있는 최악의 상황을 이야기하며 킬킬거렸다. "배달원이 베란다 문은 안 열어주고

에어컨 바람 쐬면서 텔레비전이나 좀 보다가 가면 어떡하냐." 물론 그런 일은 없었고 우리는 겨우 화장실에 다녀올 수 있었다.

소주를 조금 마셨고 그보다 많이 웃었다. 술자리 도중에 전화가 왔으나 취해 있던 나는 위로가 되지 못한 것 같아 마음이 딱딱했다. 꼬인 혀로 상대방을 달래던 내 모습이 별로여서 그랬는지, 그냥 그즈음 한동안 보답받지 못할 마음에서 벗어나지 못하고 있던 내가 한심해서였는지, 술을 더 마시고 꼬장을 부렸다.

운전을 위해 술을 안 마신 이를 꼬드겨 집 앞에 보이는 펍에 들어가 마주 앉았다. 취한 나는 7년간 당신과 내가 놓친 시간들이 있진 않았는지, 우리가 더 가까워질 수도 있었을까, 종종 떠오르던 쑥스러운 물음들을 늘어놨다. 당신의 대답은 기억나지 않는다. 말을 돌렸을지도 모르고, 아무 말 하지 않았을지도 모른다. 노골적으로 솔직했던 내 질문들이 상대를 불편하게 했을까, 오히려 어떤 선을 긋게 되었을까, 어쩌면 아무것도 변하지 않았을 수도 있고. 관계란 생각보다 여러모로 견고하고도 무던하니까. 부끄러운 고백을 소주 한 병어치 쏟아내고 알딸딸한 용기를 얻은 나는 그 후로도 그즈음의 기분을 들었다 놨다 하던, 조금 굴욕적이고 행복한 이야기를 당신에게 강제로 들려주었다.

택시비 결제 문자가 새벽 3시에 찍혀 있었다. 오전 7시, 여전히 취한 상태라 숙취는 여적 오지 않았고 출근 준비하다가 뒤로 자빠져서 머리를 찧었다. 퉁퉁 부어오른 뒤통수와 깨진 휴대전화, 손쓸 도리도 없이 엉망이라는 명백한 증거가 한가득.

고척돔에서 기아와 넥센의 야구 경기를 봤다. 외야석에 앉아 있었는데 옆자리 꼬마가 물었다. 무슨 팀이에요? 난 LG. 비가 아주아주 많이 온 날이었는데, 어쨌든 돔구장 안엔 비가 내리지 않는다. 사실 주룩주룩 젖고 싶었고, 얼얼한 뒤통수야말로 진짜 현실 같았으며, 멀쩡한 모든 것들이 깨져 보이는 액정 화면이 좋았다.

다음 날 새 휴대전화를 받았다. 이제 모든 게 원래대로 돌아와 버렸으나 원래 망가지고 부족한 것들이 가장 행복한 법이라는 분명한 사실만 얼얼히 남았다. 온전하고 멀쩡한 것들은 재미가 없다.

현경

그래야 친구들이 또 오니까

선배는 학교를 졸업하고 나서야 알게 되었다. 학교에 다닐 때는 가끔 엘리베이터에서 마주치면 '저런 사람이 있구나.' 정도로만 알고 있었다. 여름이 다가오던 어느 밤, 술을 꽤 마신 친구들은 선배네 집에 가자고 말했다. 선배가 이태원으로 이사한 지 얼마 되지 않았을 때였는데, 친구가 전화를 걸자 늦은 밤에도 흔쾌히 우리를 초대했다. 우리는 합정역 근처에서 과일과 와인 몇 병을 사 들고, 녹사평역에서 내려 선배의 집으로 찾아갔다.

선배의 집은 녹사평역에서 이태원역 사이 구불구불한 골목에 위치한 옥탑방이었다. 폐허에 가까웠던 집을 친구들을 불러 페인트칠부터 인테리어까지 직접 했다고 한다. 페인트칠을 한 흰 벽에 회색빛 침구와 가구, 각종 식물이 어우러져 잘 꾸며놓은 카페에 온 것 같았다. 선배는 옥상에도 타일을 깔고 있다며, 여름에는 그곳에 테이블도 놓고 사람들을 불러 바비큐 파티를 할 거라고 말했다. 선배와 처음 술 마시던 그날, 우리는 하절기 파티를 열기로 했다. 술도 사람도 좋아하던 나는 그 파티의 '주최'가, 선배는 '주관'이 되었다.

그렇게 우리는 여름 내내 매달 공통점이 있는 사람들을 모아 파티를 열었다. 모임의 테마는 '경영학과 출신 모임', '디자인 학과 출신 모임', '좋아서 하는 일을 하는 사람들', '음악을 하는 사람들' 하는 식이었다. 그만큼 오는 사람들도, 하는 이야기도, 분위기도 다양했다. 나름대로 활동이 짜여 있을 때도 있었고, 만나자마자 주야장천 술만 마실 때도 있었다. 선배는 매번 오는 사람들에 따라 메뉴를 고민해 회사에 반차까지 내며 장을 봤고, 나는 일고여덟이 모이는 작은 파티를 위해 매번 포스터도 만들었다.

나는 언제나처럼 10여 분 정도 늦곤 했는데, 선배네 집에 도착하면 선배는 항상 코로나 병맥주에 라임 조각을 꽂아 내주었다. 나는 와 있는 사람들과 인사를 나누고 아직 오지 못한 사람들을 체크했다. 그러고 나서 다 같이 둘러앉아 서로 알지 못하는 사람들을 소개해주고, 끝없이 술을 마시며 웃고 떠들었다. 하지만 우리 주량은 초대된 사람들을 따라가지 못했다. 호기롭게 파티를 열고도 나는 늘 두세 시면 소파에서 잠들었고, 내가 두어 시간 자다 깰 때쯤엔 선배가 잠들었다. 깨어나서 또 술을 마시다 보면 항상 이태원 이슬람 사원 쪽에서부터 해가 떴다.

파티에 초대되는 구성원과 모인다는 것 자체도 재미있었지만, 무엇보다도 기대되는 것은 선배가 해주는 음식이었다. 선배는 통삼겹살을 훈제로 굽기도 했고, 외국에서 먹는다고 이름만 들어보았던 음식들을 주기도 했고, 채식을 하는 사람이 오면 콩을 볶은 요리를 해주기도 했다. 라면조차 맛있게 끓일 줄 모르는 나는 선배의 음식 솜씨가 늘 신기했다. 회사에 반차를 쓰고 낮부터 손님 받을 준비를 해서 피곤한 선배는 일찍 잠들었고, 우리는 주인이 잠든 집 테라스에서 선배가 해둔 스매시드 포테이토 같은 것을 두고두고 먹으며 아침까지 술을 마셨다.

하루는 선배에게 "어떻게 그렇게 요리를 잘해요?" 하고 물었다. 선배는 어렸을 때부터 친구들을 불러 집에서 음식을 해주는 것이 좋았다고 말했다. 친구들을 집에 불러 라면도 끓여주고 고기도 함께 구워 먹다 보니 점점 더 맛있는 음식을 해보게 되었다고 했다. 그리고 이렇게 덧붙였다.

"그래야 친구들이 또 오니까."

그 말을 듣고 꽤 슬퍼 한동안 적절한 대답을 찾지 못했다. 집에 늦게 들어오시는 부모님 대신 사람에 대한 그리움을 친구로 채웠고, 친구들이 계속 자기를 찾아와 주었으면 하는 마음에 계속해서 맛있는 음식을 만들었던 것이다. 집에 홀로 남겨진 어린 선배는 무슨 생각을 했을까. 자신이 해준 음식을 맛있게 먹는 친구들을 보고 '친구들이 우리 집에 또 오면 좋겠다.' 생각하는 어린 선배의 맘은 어땠을까. 선배의 말에서 혹시나 친구들마저 찾아오지 않았다면, 하는 조금의 불안 같은 것도 느껴졌다.

정신과 의사 선생님은 종종 내게 "왜 그렇게 술을 많이 마시게 된 것 같아요?"라고 묻곤 했다. 나는 매번 "아마도 제가 공대를 다니다 보니." 따위의 대답을 했는데, 선배의 이야길 듣고 어쩌면 "술을 잘 마시니 친구들이 항상 불러줘서요."라는 말이 진짜 대답일지 모른다고 생각했다.

술을 더 자주, 많이 마시고 술자리에서 더 많이 떠들어 사람들을 더 즐겁게 할수록 더 많은 친구가 더 자주 나를 불러냈다. 한두 번 술자리에 빠지거나 기분이 좋지 않아 뚱하게 앉아 있다 보면 그 후로 나를 불러주지 않을 것만 같았다. 스무 살, 스물한 살쯤의 나는 아마도 그렇게 생각했던 것 같다. 낯을 가리고 어둡고 말을 잘하지 못하는 내가 무리 가운데 있을 방법은 아침까지 술을 마시며 웃고 떠드는 일이었다. 마치 어린 선배가 맛있는 음식을 해주며 '친구들이 또 오면 좋겠다.'고 생각했던 것처럼 '친구들이랑 또 술을 마시면 좋겠다.'고 생각했다.

불안하고 우울한 밤에 술 한잔할 친구마저 없으면 그 사실이 나를 더 불안하고 우울하게 만들었다. 친구들은 바쁘거나 술을 마시고 싶지 않았을 뿐일 텐데도 '사람들이 나를 좋아하지 않는다.'고 생각했던 것 같다. 이제는 아니라는 사실을 조금은 알지만 여전히 늦은 밤 나를 혼자 두지 않았으면 좋겠다고, 술잔을 부딪쳐줄 누군가를 찾는다.

재은

나를 기다린 너에게

여럿에게 털어놓기 어려운 마음이 있어서, 그마저도 소주 한 병에 와인 한 병을 비워내고서야 너를 앞에 앉혀 놓고 주절댔다. 그게 무슨 이야기였던 오늘의 주제는 그렇다. 네가 나를 오래도 기다려왔다는 것. 내가 너에게 무엇이든 말하길, 시답잖은 유머나 늘어놓는 가벼운 사람이 아니기를 너는 한 마디 보채지도 않고 그저 기다리기만 했다. 10년 전 서로에게 아무것도 아니던 우리는 누군가로 인해 얼굴을 트고 대화를 나누고 그렇게 아는 사이가 됐다. 어쩌다 그렇게 강제 없는 강제로 늘 붙어 다니게 됐으면서도 나는 사실 네가 쉬웠던 적이 없어서 단둘이 술을 마시게 되었던 4, 5년 전쯤에야 이런 마음을 슬쩍 전할 수 있을 뿐이었다.

나는 너와 함께 속한 그 모임 자체에 회의적이었다. 별다른 인연 없는 만남 같았고 꽤 오랜 시간을 그저 그런 감정으로, 무감하게 지냈다. 내가 사람에 대해 가장 뜨겁다가도 회의적이던 시간을 그렇게 너희와 끊어지지도 못하고 지냈다. 다만 그 시간들이 지날수록 사랑해서 버티든 시간이나 관성이 버티게 하든, 관계라는 건 그렇게 굳어지고 단단해진다는 걸 너희 덕분에 많이 배우고 느꼈다. 한 번에 만남의 미래를 그리는 것도, 짧은 시간으로 관계의 모양을 찍어내는 것도 경솔한 짓이라고.

예전에 아는 선배가 타인으로 인해 괴로워하던 나에게 "버텨라."라고 말했다. 그 상황이나 분위기를 전할 수는 없겠지만, 우리는 가끔 불안정한 감정만으로 혹은 아무 이유 없이도 관계를 끌고 가야 할 때가, 이미 그러고 있을 때가 있다. 그저 꼭 지켜서 그다음에 만나봐야만 하는 사람들이 있는데, 이게 그랬던 거다. 나는 이제 함부로 사람을 확신하는 일은 하지 않기로 한다. 언제고 다시 다치고, 실망하고, 또 질리겠지만.

그래도 내가 그럴 수 있겠다고 하는 이유는 네가 나를 기다렸다고 말해줘서. 그냥 그랬다고 해줘서. 나도 정말 당신 같은 사람들이 나를 기다린다면 믿지 못할 감정과 관계에 굳세어 볼 만하다는 생각을 했다. 내가 참 오래도 낯을 가렸다. 그날 밤이 깊어갈수록 아니 새벽이 다가올수록 이상하게 정신이 말똥말똥해졌다. 네게 한마디씩 고백할수록 할 말이 자꾸만 많아졌다. 창을 비추는 네 뒤의 거울이 푸르스름한 빛을 띠기 시작해 돌아보니 해가 어둠을 녹이며 올라오고 있었다. 나는 언제든 네게 할 수 있을 고백들을 잠시 멈추고, 쉴 새 없이 옷을 갈아입는 하늘을 말없이 바라봤다. 그렇게 새벽을 채워버린 우리는 헤어지고, 네가 오늘 아침을 잊을 수 없겠다는 말을 해서 나도 잊지 않으려고 알딸딸한 채로 몇 자 적어둔다.

하련

헤어진 건 난데
니가 왜 울어

우리의 대화가 처음부터 진지해지는 게 싫었던 모양이다. 시시껄렁한 이야기를 시작으로 일단 마시자 하고 빈속에 소주 한 잔을 마셨다. '욕'이라는 꽤 괜찮은 안줏거리를 제안했고, 우리는 세상 욕도 하고 사람 욕도 하며 쿵짝을 맞추다가 정해진 순리인 것처럼 취해버렸다. 술에 취한 목소리는 발음조차 엉망진창 들쑥날쑥 흘러가고 있었다.

"나능 괜타나."

"정말 괜타나?"

"응?"

"왜?"

한껏 고조되어 있던 우리 대화에 갑작스레 파도가 멈췄다. 너와 내가 각자 주고받은 짧은 물음표 사이에 붕 떠버린 공기가 어색하고 애석해 우리는 머뭇거리다가 말없이 잔에 술을 따라 마셨다. '괜찮아.'라는 그 간명한 말이 내 이별의 상처를 감추고 방어하기 위한 것으로 보였던 걸까. 나는 정말 괜찮았는데.

홀로 남겨진 내가 걱정되어 되돌아온 질문인 걸 알면서도 술에 취해 어쭙잖은 자존심을 치켜세운 꼴로 비친 것 같아서 내심 서운했다. 괜찮다는 내 말이 단호하게 전해지지 못했다는 것에 어이없는 패배감까지 밀려올 지경이었다. 술병을 들고 나발을 불며 이별과 함께 내 삶도 끝이 났다며 서럽게 통곡을 해야 했던 걸까.

짐작했던 것과는 달리 이를 드러내며 웃는 나를 보고 있자니 아무래도 너는 속이 타다 못해 터졌나 보다. 나를 위로하겠다는 목표를 이루지 못하고 좌절한 듯한 표정으로 앉아 있는 너를 보며 무슨 말을 해야 할지 몰라 마셨던 술을 게워내고 싶어졌다.

"나 헤어졌어."

"만날래? 술 한잔하자."

나의 연락을 받고 너는 아무래도 단단히 마음의 준비를 한 모양이었다. 직접 겪지도 않은 이별의 아픔을 자신에게 닥친 일인 양 함께 마음을 앓으며 부둥켜안고 울어 주는 것이 서로를 위한 위로라고 여기던 때가 있었다. 슬픈 날이면 늘 그렇게 함께 우물에 뛰어들어 몸을 숨기고 몇 날 며칠을 울고 마시고 취했었다. 좁은 우물 안에는 우리의 통곡이 뎅뎅거리며 울렸고 눈물이 한 움큼 고여 옷소매가 축축하게 젖어 들곤 했었다.

사랑을 중심으로 세상이 돌아가던 어린 시절에도 그랬고 결혼 적령기를 지나가는 무르익은 나이가 되어도 그랬다. 언제나 이별은 칼이 되어 마음을 반으로 잘라냈고, 텅 비어버린 마음 한 귀퉁이에는 주체할 수 없는 허전한 공기만 맴돌아 감기처럼 몸을 떨며 웅크리고 잔혹한 날을 보내곤 했었다. 여전할 거라 여기고, 그래서 너는 늘 그렇게 해오던 위로의 방식대로 함께 술을 마시고 우리가 뛰어들 우물을 준비했을 것이다. 어쩌면 너는 나를 만나러 오는 길에 미리 아픔을 챙기고 있었을지도 모르겠다.

말을 잃은 네 앞에서 술기운을 잃은 나는 적당한 웃음을 섞어 너의 잔에 술을 따랐다.

"나 정말 괜찮아."

"홀가분한 이 날을 기념하자. 오늘 내가 술 살게."

어찌어찌 뱉은 저 말들이 졸지에 너를 위로하는 꼴이 되어버렸고, 네가 애써 참았던 눈물은 속눈썹에 방울로

맺혔다가 맥없이 떨어졌다. 헤어진 건 나인데 네가 왜 우냐며 호탕하게 웃었지만, 결국 우리는 더 이상 쓸모없을 것 같았던 우물 안으로 숨어 들어가 나이를 잊고 아이처럼 울어댔다.

가끔 이야기하고 되묻는다.

"우리 왜 그렇게 울었을까?" 하고.

"너 정말 그때 괜찮았어?" 하고.

현경

우리 아직 어색하니까

"아직 술이 제대로 안 들어갔으니까 우리 서로 별로 할 말이 없는 거 알아요. 일단 다 같이 한잔하고, 짠. 내가 여기 되게 좋아하거든요. 참, 여기 뒤편은 익선동인데 처음에 뜬다, 뜬다 할 때는 자주 갔어요. 근데 요즘은 사람도 너무 많고, 항상 공사를 해서 한 달에 한 번 정도 가도 어디가 어딘지를 모르겠더라고요. 여기 앞에는 올 때 보셨다시피 포장마차가 죽 있는데 사실 안 가봤어요.

우리 아직 어색하니까 안주 나오고 술 조금 취할 때까지 여기서 있었던 일들을 떠들어볼게요. 제가 하루는 충무로였나, 그쯤을 지나다 갑자기 공황 발작이 온 거 있죠. 막 심장이 엄청 아프고 숨도 헐떡이고 토할 거 같은데 엉엉 울면서 이까지 걸어왔어요. 오면서 청계천에도 앉아 있다가 친구한테 전화해서 술 마시자고 했어요. 이까지 오는 데 몇 시간이나 걸렸어요. 그때가 쨍쨍한 낮이었는데 왜 술을 마시자고 했는지는 모르겠어요. 그냥 낮부터 여기 와서 일단 술도 마시고 담배도 태우고, 그래도 안 낫더라고요.

친구한테 계속 설명했어요. 내가 이런 상태다. 응급실에라도 가야 하지 않을까? 하는데 친구가 멍청하게 앉아서 남 일이라는 듯이 '마, 술 마시면 낫는다.' 이러는 거예요. 지금 생각하면 그런 걸 친구라고 뒀다니. 하여튼 저도 정신이 없어서 '그래?' 하고는 술을 일단 마셨어요. 아프다고 엉엉 울면서요. 근데 있죠, 신기한 게 도토리묵을 먹으니까 조금씩 낫는 거예요. 신기하죠? 그래서 그때부터 맘이 울렁울렁할 때는 도토리묵을 먹어요. 안 신기해요?

그리고 다음번에는 또 여기서 술을 마셨는데 친구가 엄청 취했어요, 같은 친구가. 걔가 술에 취해서 딸꾹질이 안 멎는다고 저한테 짜증을 내는 거예요. '나 이러다 영원히 딸꾹질이 안 멈추면 어떡하지? 딸꾹질 때문에 숨이 막혀 죽으면 어떡하지?' 이런 말을 하는 거예요. 나는 그게 너무 어이가 없어서 엄청 웃었어요. 술이나 더 마시라 그러고, 요 앞에 가서 아이스크림도 사주고. 그런데 그날

집에 가면서 생각해보니까 그렇더라고요. 얘는 이렇게 딸꾹질이 난 게 처음인데, 어쩌면 저한테 익숙한 공황장애보다 얘한테 안 익숙한 딸꾹질이 더 무서운 게 아니었을까 하는 생각을 하게 되더라고요. 너무 교훈적인가요? 여기 청하 두 병 더 주세요. 안주는 왜 아직도 안 나오지?

여기서 술 마시면 매번 흡연자들끼리 오니까 자기 담배를 막 던져놓고 되는대로 주워서 피우고 그래요. 나중에 보면 꽁초가 막 수북이 쌓여 있고. 또 앉아 있다가 나갈 일이 없으니까 그게 되레 어색해지기도 하고 그래요. 오면 또 다 같이 예전에 술집에서 담배 태울 때 얘기도 하고. 아, 추억이 아니라 신기해했던 친구 하나는 스물한 두 살 되는 학생이었는데, 걔는 술집에서 담배 피우던 시절을 모르니까.

음, 그리고 또 여기서 있었던 일인데. 예전에 제가 좋아하던 사람이 있었어요. 그 사람에 대해 구구절절 쓴 글을 투고해서 받은 돈으로 술도 사 먹고 그랬어요. 지금 생각해보면 어떻게 그렇게 썼나 몰라. 그 사람이랑 여기 왔었는데, 둘 다 엄청 취했어요. 그날은 무슨 생각이었는지 그냥 취해서였는지, 내가 말한 적 없는데 하면서 그 글을 쓴 지 한 해나 지나서 보여줬어요. 다른 사람들은 다 봤는데 그 사람만 안 본 거였어요. '부끄러우니까 화장실

다녀올게요. 읽고 있어요.' 하고 화장실에 다녀오니까 다 읽었다고 하면서 딱 한 마디 하더라고요. '내 코가 동그래요?'라고. 헛헛, 웃으면서. 나는 사실 그날까지도 별생각이 없었는데 다시 좋아할 것만 같아진 거 있죠. 그래서 그 말을 듣고 '좋아해요.'라고 말했어요. 술에 취한 데다 그 말을 내뱉으니까 걷잡을 수 없어지더라고요. 그 뒤로는 기억이 잘 안 나요. 한동안 끊겼다가, 뭐.

아, 좀 취하네요. 저기요, 안주 왜 안 나와요? 주문이 안 들어갔다고요?"

하련

국화꽃 위에 마지막 술잔을 뿌리고

걸쳐 입은 까만 외투가, 신고 있는 까만 구두가 겨울밤 그 어둠에 파묻혀 내가 사라질 것만 같았다. 가로등마저 희미해져 손바닥을 펴고 흔들어 내 위치를 저 멀리 상대방에게 알렸다.

국화 한 송이를 내려놓는 손이 조금 떨렸다. 최대한 시선을 마주치지 말자고 생각했다. 저세상 떠난 줄도 모르고 당신은 초승달처럼 웃고 있을 테니까.

인사를 마치고 돌아 나오며 결국 고개를 들었다. 무심히 바라본 액자 속의 당신은 아이 같았다. 소리 없는 한숨을 토해내며 영정 사진을 등지고 앉았다. 마주 보고 앉은 상 위로 육개장과 쌀밥이 올려졌다. 육개장에 밥을 말아 두 순갈 정도 뜨다 말고는 그릇에 코를 박고 밥을 허겁지겁 먹어치우던 선배에게 말했다. 원망스러워. 소주 두 잔을 연거푸 비웠다. 선배는 술잔을 들어 입술을 잠깐 적시고는 다시 내려놓았다.

늘 여유가 없더니 죽을 때도 여유가 없이 죽었다. 인사조차 늘 그렇게 대충하더니 죽을 때는 인사는커녕 사람 마음을 이렇게 후벼 파고 얼굴 하나 온전하게 남기지 않고 죽었다. 사진으로만 남고 떠났다. 눈을 뜬 얼굴이 떠오를수록 쫓기듯 술잔을 비웠다. 웃지나 말지, 차라리 울지. 그때 그냥 울지, 좀.

"멍청했지, 걔가 좀." 육개장을 깨끗하게 비우고 그제야 고개를 들고 선배가 말했다. 그래, 멍청했다. 멍청하게 이렇게 죽어서야 우리를 찾아오다니. 참으로 처연했다.

선배는 깊게 담배를 빨아 연기를 두세 번 깊게 내뱉고는 가자, 하며 큰 보폭으로 저만치 세워 둔 차를 향해 앞서 걸어갔다. 별말 없이 우리는 차를 타고 어두운 길을 달렸다. 도착한 집 앞에서 인사 한마디 던지며 내리던 나에게 선배가 잠시 머뭇거리다가 말했다. 술 한잔하자.

밝은 조명 아래 가지런히 차려진 음식을 앞에 두고 술을 마시기가 다가오는 아침에 미안했던 건지 꽤 추운 날이었음에도 불구하고 우리는 한동안 사람의 온기를 느끼지 못했을 편의점 테이블에 앉아 소주 한 병과 뜨거운 물을 부은 컵라면 하나를 내려놓았다. 그제야 선배는 눈을 비볐다. 떨어지려는 눈물을 숨기려는 듯 애써 손가락으로 훔쳐대며 다른 한 손으로는 종이컵에 아무렇게나 부어 놓은 소주를 마셨다. 몇 번의 반복된 손짓으로 아침이 쉽게 찾아왔다.

눈물과 술로 얼룩진 얼굴 위로 햇살이 쏟아졌다. 죽어서 말도 없는 저 사람이 나는 뭐가 그토록 원망스러웠던 걸까. 밥을 먹다 말고 허공에 던진 그 말이 내내 목구멍에 걸려 아팠다. 그 물음표는 온종일 떠나지 않았다. 베개에 얼굴을 파묻고 엉엉 울다 잠이 들었다. 우리의 헤어짐은 이렇게 잔인했다.

. . .

"그리움은 아무 곳에서나 불쑥 나타난다. 내가 소중히 한 모든 당신들이 순서도 없이 아무 때나 방문을 벌컥 열고 들어와 나를 울리고 또 웃게 한다."

술자리 녹취록 #4

#월곡 | 소주
#맥주한잔드실래요
#지나가는모르는음악인과
#디자인 VS **#음악**

배경 집에 가는 길에 모르는 남자가 자신은 이상한 사람이 아니라며 말을 걸었다. 지나가다 봤는데 내가 마음에 들어서 맥주를 한잔하자 말했다. 그럴 리가 없는데, 하는 의심이 컸지만 녹취록을 만들면 재미있을 것 같아 그러기로 했다. 이런 걸 하고 있는데 녹취를 해도 되냐 물었다. 결국 소주를 마셨고 좋은 동네 술친구가 되었다.

B 이 얘길 왜 했지? 나도 모르겠다.

A 아, 약간 그런 거구나. 내가 클라이언트들이 후진 디자인 해달라 그러면 열 받고, 그런 일은 디자이너한테는 비일비재하죠. 근데 그분들은 쪼끔 아시니까 이렇게 하겠다 이런 거 아니에요?

B 절대 아니야. 그냥 피아노 딱 치는 거 보면 알지. 되게 좀. 나이에 비해서 고운 편이시긴 한데. 진짜 그래서 돈 벌기 힘들구나.

A 그럼 그렇게 학원에서 수강을 하면 학원 주인이랑 나눠 가져요?

B 학원을 나가면 되는 거고, 웬만하면 나가고 그래.

A 50프로면 세다.

B 세지.

A 더 받아야 하는 거 아니에요?

B 더 받아야지. 그래서 나가려고 하는 거고. 학원에서 빼돌리는 그런 게 많아. 근데 난 어차피 연습실이 있으니까. 원장님이랑도 협의 봤거든. 학원 자체가 레슨이 되는 데라서 나는 연습하면서 그렇게 해도 된다고.

A 사람들이 나한테도 워크숍이나 강연 수익을 5:5로 떼면 말이 되냐고 할 거 같은데.

B 그들이 좋은 건 이름이 있는 거니까.

A 에이. 나는 기획도 내가 하는데. 공간 제공만 하고.

B 일을 하니까 그래도.

A 일도 사실상. 에이 모르겠다.

B 그래도 미술이랑은 다르지. 예체능이 다 비슷한 거 같긴 해. 체육은 좀 다를 것 같고.

A 아. 체육도 레슨 이런 거 많이 하던데. 그런 건 좀 비슷한 것 같아요. 딱 한 명 봤지만.

B 그럼 너는 고정적인 수입은 없어?

A 원래는. 원래는 있었는데 최근에 책 만들겠다고 내 개인 작업을 하겠다 하면서 계속 일을 안 받고 있다가 거지가 되어갔죠. 몇몇은 그냥 정으로 받은 게 있긴 하고. 포스터나 로고 같은 거.

B 그게 오늘 하고 온 거?

A 아. 그건 따로. 그냥 전시.

B 그거 보러 가야겠다. 언제 하는데?

A 몇 월 며칠인지 모르겠는데.

B 9월인가?

A 9월 중순부터 한 달 동안 거의 매주 행사를 해야 하는데.

B 난 너 그냥 여기 학교 다니는 대학생인 줄 알았거든.

A 아. 안경 쓰고 있으면 대학생 같고 아니면 좀 양아치 같지 않아

요?

B 그…… 그런 게 아니고. 그런 건 아니고 약간 이국적으로 생긴 거 같긴 해.

A 그러니까 양아치.

B 아냐.

A 오늘도 계속 미팅을 하고 왔는데. 그런 미팅이 아니라 회의를. 나는 일에 미쳐 사는 사람들이 좋아.

A (목소리 커짐) 아니! 나는 전혀 안 미쳤는데. 하, 그냥 하기 싫어서 미쳐버릴 것 같은데!

B 아. 그런 게 아니라. 뭐라 그래야 하지. 에이 모르겠다. 내가 너를 오래 못 봐서 모르겠다.

A 진짜 재밌는 거만 하려고 이번에도 그래서 전시 같은 거 하려고 했는데. 근데.

B 큰 그림 그리는 사람인 것 같은데.

A 아아.

B 그런 게 얘기하다 보면 느껴지긴 하거든 그런 게. 내가 원래 낮에 연습 갔다가 저녁에 운동하고 새벽에 또 연습하는 게 일상이란 말야. 그러고 가끔 친구들이랑 술 마시는데 게네는 좀. 그래서 나보다 어린 사람이 책 내고 이런 게 신기하고 그런 거 같아.

A 아아. 그런데 그런 것도 있잖아요. 오혁이 우리보다 어리고.

B 그런 일은 워낙 많아서 이제 와닿지도 않고.

A 책은 웬만하면 연령대가 높으니까 제가 세상의 막내고. 오늘도 뭐 전시하자고 미팅하는데 혹시 몇 살이냐고 해서 스물여섯 살이라고 하니까 되게 충격받으시고.

B 나이가. 지금 네가. 거기 있는 분들 나이가 너보다 훨씬 많은 거지.

A 그렇죠.

B 나도 요번에 들어간 밴드의 교수님이 우리나라에서 트롬본을 제일 잘하는 사람이야. 우리나라 가요, 재즈 이런 거 거의 많이 하셨지.

A 트롬본이면 재즈예요?

B 원래는 클래식 전공인데 바꿨지. 이분이 크리스천인데 엄청 믿음이 강해.

A 어. 오늘 내가 본 사람도 엄청 믿음이 강한…….

B 응. 나도 교회 다녀. 다니긴 하는데……. 믿음은.

A 독실하면 술을 이렇게 안 드시겠죠.

B 음악 자주 듣는 거 있어?

A 어떤 음악이요?

B 클럽은 안 가지?

A 클럽…… 가…… 가…….

B 잘 안 갈 거 같은데.

A 올해 4월까지는…… 요즘엔 시간이 없어서…….

B 끌려간 거 같은데.

A 아니 그건 아니고. 저번에 왜 갔냐면. 제가 약수에서 술을 마시고 있는데 아는 언니가 이태원에서 보자고 해서 갔죠. '예, 알겠습니다.' 했죠. 그니까 어, 케익숍으로 와. 이래서 갔어요. 커피 마시러 가는 건 줄 알고.

B 케익숍이 클럽이야?

A 예에. 어쨌든 카펜 줄 알고 갔는데 민증을 내라고 하길래. 그때 민증을 잃어버려서 '없는데요.' 했는데, 뭐 어떻게 들어가긴 했죠. 되게 야생. 무섭고.

(너무 실황이라 중략)

A 그러다 녹사평 높은 데 있는 편의점에 가서 친구랑 아래를 내려

다보면서 술 마시고. 지나가던 외국인 게이 커플이랑 문어에 대한 얘기를 막 나누고 그랬어요. 외국에선 문어를 안 먹는대요.

–

A 저는 홍대입구역 근처는 안 가고 상수동이랑 망원동은 가고. 이태원도 이태원역 근처엔 안 가고 녹사평이나 한남동 쪽은 가고.

B 홍대는 사람 많은 게 좋은 거 같아.

A 사람 많은 게 좋다고요??

B 금요일 이럴 때 말고 그냥 평소에 사람들이 모여 있으니까.

A 평소에.

B 주말엔 절대 싫지. 나는 술을 마실 때 주변에 사람들이 많은 게 되게 좋거든. 그러려고 홍대 가지. 친구들이랑. 홍대에서 먹으면.

A 친구들도 ㅇㅇ(지역명) 이런 데 있으면 건대 이런 데가 더 가깝지 않나요? 거기도 되게 시끄러운데.

B 건대 되게 멀지 않나?

A 아니에요. 근데 되게 아저씨 같은 사람들이 많은 거 같은데.

B 여자가 볼 때? 남자가 볼 때는 되게 어린 애들이 많아.

A 아저씨…….

B 아냐. 남자가 볼 땐 애기들이야. 홍대보다 건대가 더.

A 그럼 왕십리…… 가까운데.

B 왕십리에 칵테일 바 진짜 괜찮은 데 있어.

A 칵테일 좋아해요?

B 그렇게 좋아하진 않는데.

A 아. 칵테일 하니까. 얼마 전에 엄청 술꾼인 친구를 새로 알게 됐는데. 나는 칵테일 마시는 사람들 되게 싫다 그랬거든요. 근데 그 친

구가 저보다 더 어렸거든요. 몇 살이었지? 모르겠다. 여하튼 걔가 본인도 너무 싫대요. 칵테일 홀짝홀짝 마시는 게. 그래서 왜 싫냐 그러니까. 저번에 한 잔에 만오천 원짜리 칵테일을 마셨는데 생각해보니까 그 정도면 소주 네다섯 병이다.

B 그치.

A 그래가지고 걔가 엄청 막 화가 나가지고. 소주 네다섯 병짜린데 술맛도 안 나는 걸 마셨다고 아직도 화를 내는 거예요. 그래서 내가 아, 이런 술꾼이 있나.

B 그러니까 왕십리에 내가 아는 칵테일 바는. 거기는 만오천 원에 양이 진짜 많아. 분위기 완전 좋고. 진짜 갈만해.

A 왕십리에 그런 데가 있다고요?

B 얻어걸린 거야. 그냥. 학교 동기 따라간 거야. 이름도 모르고 위치도 모르고 그냥 걸어갈 수는 있어. 한양대역인지 왕십리역인지 기억은 안 나는데.

A 왕십리에서는 항상 초 저렴한 안주에 소주 마셨던 거 같은데.

B 그럴 거면 미아에 가면 되지.

A 미아가 진짜 아저씨…… 아닌가요?

· · ·

"술을 적시고 목구멍을 따라 몸속 구석구석 퍼지는 한 모금으로
불쑥 찾아드는 두려움을 다독이다가 불씨가 채 꺼지기도 전에
나는 잠이 들곤 했다. 숱한 밤을 그렇게 보냈다."

현경

취하지 않고서야

눈을 뜨니 빗소리가 들렸어요. 나는 오늘도 또 취하고, 한참을 취하고 나서야 뒤늦게 보고 싶다는 말을 짧게 남겨요.

잠들기 전에 마신 맥주의 취기가 아직도 남아 있는 것 같았어요. 그래서 나는 또 지난여름의 어느 비 오는 날을 떠올리고 남은 맥주 한 캔을 땁니다. 명동 어느 후미진 술집 앞에서 담배를 태우다 폭우 속으로 뛰어들어 간 때였죠. 나는 술에 잔뜩 취해 빗속에서 씩 웃었어요. 그런 장면들을 떠올리다 이불을 머리끝까지 쓰고 조금 더 웅크렸어요. 오늘 같은 날엔 옛날 노래들을 듣고 싶어요. 「비처럼 음악처럼」 같은 곡들 말예요. 창을 한 뼘 열고

"난 오늘도 이 비를 맞으며 하루를 그냥 보내요." 하는 가사를 작은 목소리로 읊었어요.

5월이 되던 그날엔 남쪽에서 여름 냄새가 불어왔어요. 데운 정종을 마시기엔 조금 더운 온도와 높은 습도라고 생각했지만 아무렴, 함께 마시는 술이면 무엇이든 좋아요. 나는 그날 비가 올 것 같다고, 비가 오면 좋겠다고 생각했어요. 비가 와도 우리는 개의치 않을 테고 나는 오히려 기쁠 것 같았어요.

지난여름엔 만날 때마다 술을 마셨고 그때마다 비가 왔지요. 그쪽이 말한 것처럼 '하늘에서 분무기를 칙칙 뿌리는' 것 같은 비도 맞았고, 스콜 같다고 말한 소나기도 맞았지요. 나는 사실 한 번쯤은 그쪽이 내게 비를 맞지 말라고, 우산까지는 아니더라도 처마 밑에서 잠깐 비를 피하자고 말해주면 좋겠다고 생각했어요. 한 번도 그런 말을 들은 적도 한 적도 없었지요. 그쪽은 그저 비에 쫄딱 젖어 "낭만적이네요." 웃으며 농담을 던질 뿐이었지요. 우산을 쓰지 않아도 좋을 사람이니까. 쭉 이렇게 함께 비를 맞아내면 좋겠다고 생각했어요.

어떤 사람들은 내가 우산을 가지고 다니지 않는다고 나무라기도, 편의점에서 비닐우산 두 개를 사 와 하나를 건네기도, 함께 쓰자고 말하기도 했어요. 하지만 모두들

비를 맞지 말라며 처마 밑에 나를 두고 떠나고, 직접 쓰라며 우산을 건네고 떠나갔어요.

내가 왜 그쪽을 좋아하게 되었는지 말한 적 있나요. 술에 취해 나에게 물어본 적은 있는 것 같은데 내가 이유를 말한 기억은 없어요. 이미 가득 취해 비가 부슬부슬 내리는 언덕을 오를 때였어요. 그쪽은 언젠가의 꿈에 대해 이야길 했는데, 그때 마치 영화 속 장면처럼 시간이 느리게 지나갔어요. 자주 오른 오르막이었는데, 종종 보는 야경이었는데, 더 어둡고 더 많이 빛났어요. 그날은 그 언덕 주차장에서 야경을 꼭 봐야겠다고 생각했어요. 이제는 사실 잘 모르겠어요. 어쩌면 그 여름밤의 냄새와 술과 잔뜩 취한 시간과 야경을 사랑한 걸지도 모르겠어요.

취하지 않고서야 할 수 없는 말들이 많아요. 그래서 나는 오늘도 또 취하고, 한참을 취하고 나서야 늦게, 보고 싶다는 말을 짧게 남겨요. 올여름 비가 내리는 날에 함께 술 한잔 기울이면 좋겠어요. 이번엔 조금만. 또다시 여름이네요. 곧 봐요.

하련

술 냄새, 살냄새

화장기 없는 맨얼굴로 내일의 피로를 미리 어르고 달래던 밤이었다. 갑작스레 전화가 걸려왔고, 와줄 수 있냐고 너는 말했다. 술에 취한 목소리. 또박또박 발음하던 평소와는 다르게 흐트러진 목소리는 통화하는 내내 울렁이고 일렁이고 있었다.

주저 없이 옷을 대충 걸쳐 입고 택시를 잡아탔다. 술에 젖은 솜처럼 나를 기다리던 너는 엄지손가락 하나에 가려질 만큼 자그맣게 몸을 말고 앉아 있었고, 발걸음을 옮겨 다가갈수록 원래의 크기로 다시 부풀어 올랐다. 너는 가라앉은 머리를 힘겹게 들어 나를 바라보았다.

나는 너와 천천히 길을 걸었다. 마주 잡은 손바닥 사이로 미지근한 온기가 전해졌다. 늦은 시간 불러낸 터라 미안했던지 하나하나 꺼내는 말이 조심스레 다가왔다. 소주 냄새가 코끝을 찔렀다. 뱉어내다 만 문장은 마침표를 찍지도 못한 채, 너는 피로를 잔뜩 껴안고서는 내 어깨에 쓰러졌다. 술 냄새에 묻힌 너의 살냄새를 찾아 코를 킁킁댔다. 집에 데려다주겠다며 한쪽 팔을 힘주어 붙들고 함께 너의 집으로 향하는 버스를 탔다.

술기운에 느리게 끔뻑거리던 눈은 힘이 풀렸고, 고개를 떨구고 깊게 잠든 몸은 요동치는 버스 안에서 이리저리 휘청대다가 내 몸에 거칠게 기대어 왔다. 한 손으로는 너의 두꺼운 어깨를 잡았고 다른 한 손으로는 바닥으로 쏟아지는 너의 얼굴을 받치고서 내려야 할 정류장을 기억하며 한참을 그렇게 앉아 있었다. 내 눈은 창문 너머로 스쳐 지나가는 밤 풍경을 바쁘게 좇았다.

1층에 도착한 엘리베이터 문이 열리자 너를 홀로 태워 마주 보고 서서 인사를 나누었다. 엘리베이터가 한 층 한 층 올라가 네가 눌렀을 목적지에 도착하는 걸 확인하고서야 등을 돌려 숨소리까지 울려 퍼지던 적막한 아파트 단지를 빠져나왔다.

들려오는 소음은 스쳐 지나가는 자동차의 바퀴 소리뿐이던 밤, 후줄근하게 걸친 옷 사이사이로 차마 그를 쫓아

가지 못한 술 냄새와 너의 살냄새가 파고들었다. 옷을 잡아당겨 코를 킁킁대며 가버린 너를 다시 찾았다.

마지막 메시지에 답이 오지 않았다. 잘 자라는 인사를 차마 다시 전할 수가 없어 머뭇거리던 손을 바지 주머니에 구겨 넣고 길을 걸었다.

재은

그냥 좋아서 좋아

영화, 음악, 책을 제외하고 내가 유난히 좋아하는 게 있다면 고양이와 야구, 글을 쓰는 것과 술 정도. 무언가를 좋아한다는 건 누군가 가끔 나를 떠올린다는 뜻이기도 하다. 이제 막 야구 시즌이 시작되었으니 글을 써 내려가는 지금으로부터 딱 1년 전쯤이다. 대학 친구 김잠실(가명)이 나 야구 보게 되었다고, 그래서 네가 생각났다며 연락해왔다. 우리는 3박 4일간의 대학 새내기 오리엔테이션이 끝나고 집에 가는 지하철에서 처음 만났다. 동기는 80명 정도 됐다. 그 넓은 관계들이 묶어지고 말라가는 동안 우리는 뜸하게 만났다. 함께 어울리는 친구가 전혀 없었지만 이상하게 우리는 서로를 잊은 줄 알다가도 당연하다는 듯 다시 보곤 했다.

우리는 아주 다른 사람이어서 접점이 있는 부분도 특별한 인연 같은 것도 없었지만 나는 너를 늘 좋게 생각했고, 너의 취향은 항상 멋져 보였다. 띄엄띄엄 별말 없이 생일을 챙겼고 가끔 내가 양말 같은 것을 편지와 함께 보내면 너는 답이 없다 한참 뒤에 시집 같은 것을 편지와 함께 보내왔다. 오랫동안 만나지 않고도 우리는 참 괜찮다는 생각을 했다. 그렇게 너는 오븐 속 이스트를 머금은 빵처럼 뭉근히 부풀어 올랐다가 다시 포근하게 가라앉곤 했다. 네가 기억 속의 나를 현실로 불러내기까지 우리는 그렇게 서로의 시간 속에 불규칙하게 나타났다 사라지기를 반복했다. 야구를 보며 네가 나를 떠올린 건 우연이 아니었을 거다. 다만 우리가 서로에게 심어놓은 기억이 지금에 닿았을 뿐.

야구장을 같이 다니게 된 우리는 야구장에서 파는 생맥주를 함께 마셨다. 오랜 시간 알아 왔는데도 같이 술을 마시는 건 아마 이때가 처음이었던 것 같다. 야구 덕분에 우리는 먼 길을 돌아 술을 마시는 사이가 됐다. 정성을 다해 무언가를 좋아하는 사람은 가끔 누군가의 무심결을 채운다. 당신이 마음 쓰는 것이 당신의 시간을 가득 채우고 있으면 누군가 그 마음을 기억 속에서 꺼내 우연인 줄로만 알고 이끌려온다.

안부를 묻지 않는 내가 더는 우리를 기억하지 않는다는, 당신이 나의 마음에서 가벼워지고 있다는 뜻인 것만 같아 불안할 때가 있다. 서로에게 닿기가 너무 쉬워서 관계는 오히려 쉽게 흩어진다. 그때의 나는 '우리'라는 일이 버거워 누군가를 만나는 게 어려웠다. 그래서 거리가 멀어 오히려 편하게 느껴지던 네가 그 어느 때보다, 그 누구보다 더 반가웠는지도 모른다. 나는 너를 늘 무심히 좋아할 수 있었으니까.

술을 딱히 가리지 않는 내가 와인을 어떤 '순서'로 여기게 된 건 이때쯤이다. 와인 이야기를 하려고 친구를 팔아 멀리도 돌아왔다. 사실 나에게 와인이란 왠지 불편하고 어색한 술이었다. 가끔 마실 일이 생기면 꼭 미각을 유난하게 사용해 맛을 구분하고 특별한 코멘트를 해야 할 것만 같았다. 야구 경기가 끝나고 처음으로 잠실의 집에 놀러 갔을 때 우리는 편의점에서 와인을 한 병 샀다. 내 손으로 와인 코르크를 뽑았던 것도 김잠실의 코칭 덕에 그때가 처음이었다. 와인에 대한 제대로 된 추억은 김잠실의 옥탑 마당에서 시작한 셈이다.

드디어 자연스럽게 일상으로 들어온 와인은 그 어떤 수식도 필요 없이 그저 맛있었다. 쌉쌀하고 시원한 맥주를 좋아하던 나는 새큼하고 미지근한 이 오래된 음료가 좋아졌다. 맥주와 비교해 높은 도수 덕에 기분 좋게 차오르는 취기가 방안을 달콤하게 데웠다. 우리의 인생이 쓰지 않고도 위로받는 순간이라니!

순전히 좋아하는 마음만을 구실 삼아 좋아해도 되는 걸까. 이 감정을 설명할 명쾌한 단어나 문장 없이 모호한 느낌만으로 누군가에게 "이거 좋다."라고 말을 꺼내는 건 쉽지 않다. 우리는 종종 담백한 감정에 구구절절 각주를 달아 이해의 영역으로 편입시키려 하고 이때부터 감정은 복잡하고 어려워진다. 다만 감정이 믿을 만하냐는 물음에 "감정만큼 정확한 게 어디 있겠소?" 하고 되묻던 한스 라트의 소설 속 문장이 앞선 고민을 지운다.

감정의 바탕을 다 이해할 순 없어도 스스로가 그만큼 확신할 수 있는 충동이 세상 또 어디에 있을까 싶다. 나는 꽤 오랜 시간을 내가 객관적이고 이성적이라고 착각해왔는데, 주변에서 일러주는 나의 이미지란 감정적이고 기복이 심한 인간에 흥분도 잘하고 사람 싫다면서 사람 제일 좋아하는 바보인 것만 봐도 말이다.

누군가를 좋아할 수 있게 된 나는 사실 행복을 주체할 줄 몰라서 그걸 매번 고백해버리고 혼자 상처받고, 사람이 싫다고 스스로 믿어버리고 다시 사람을 좋아한다. 늘 러닝머신 위에 올라 있는 것처럼 빙빙 돌아 원점이다. 다들 너는 사람을 좋아한다고 못이 박이도록 알려주고 나는 여전히 어떻게 자꾸 좋아하게 되는지 이해하질 못해서 가끔은 눈물이 울컥울컥한다. 무언가 좋아한다는 건 마음을 그만큼 툭 떼어줘야 하는 일이라 정말 눈물 없이는 안 된다. 다만 그날 너와 마셨던 와인에는 적어도 그런 우울이 없었다. 우리는 지난 시간을 설명하지 않고 와인 맛을 따지지 않고, 그저 둘 다 좋은 줄로만 알고 좋아할 뿐이어서 맛있고 시시콜콜하고 취하고 잠이 솔솔 왔다.

사실 이때의 나는 스스로를 증명해내는 일에 지쳐 있었고 매번 김잠실네로 퇴근해 멍하니 보내는 밤이 하루 중 가장 평화로웠다. 좋은 걸 그냥 좋아하면 돼서, 아무 이유 없이 킬킬대는 시간 속에 성실하게 살아있을 수 있어서 마음이 놓였다. 대학을 졸업하고 한참 지나 취직을 하고 다시 무직 상태가 되어 허울 좋은 척 책을 만들고 지금의 회사에 들어가기까지, 나는 끊임없이 내 존재를 증명하기 위해 그럴듯한 이유를 대려고 애썼다. '나는 어떤 사람이다.' 말하지 않으면 아무것도 설명되지 않았고, 나조차 나 자신을 확신할 수 없어서 가만히 있으면 꼭 내가 사라져버릴 것만 같았다.

나 솔직히 김잠실이 왜 좋은지 잘은 모르겠는데, 뭔가

마음속에 있는 건 알겠는데 꺼내서 설명할 수가 없다. 그냥 좋아서 좋아. 와인도 그냥 좋아서 좋아. 더 알고 싶지도, 그럴 필요도 없이 그냥 좋아서 좋은 걸로 하고 싶은 것들. 그걸 너에게 설명하지 않아도 되어서 좋은 나는, 그날들이 오래도록 남아 계속해서 좋은 게 좋은 거라고 말해주었으면 좋겠다. 이제 좋다는 말이 징그러워질 정도로 몇 번이나 쓴 건지도 모르겠지만, 그냥 그렇게 좋아하는 마음은 늘 좋은 것들끼리 곁에 두자.

좋아하는 건 이야기할 필요가 있다. 당신이 아직 설명할 준비가 되지 않았어도 상대방이 아무 이유 없이도 당신을 좋아할 수 있도록, 당신을 언제고 우연히 마주칠 수 있도록 꼭 표현해두는 것이 좋다.

하련

아무리 생각해도 걔는 진짜 개새끼였어

어쨌든 다 개새끼야. 심도 있는 대화 끝에 방언처럼 터져 나온 말이 고작 저거였다. 그런데 저게 최선의 말이었다. 연애가 끝이 나면 나는 스스로를 '연애 실패자'라고 부르며 자존감이 바닥 치는 소리를 심심치 않게 지껄였다. 꼴에 자존심은 좀 남아 있어서 이 연애가 끝이 난 건 내 탓이 아니라고 변명도 좀 했던 것 같다. 어쨌든 둘이 아닌 하나가 되었으니, 반쪽짜리가 된 기분이 별로기도 하고 허전함도 달래야겠고 그래서 위로를 빙자한 동정이라도 얻고 싶었는지 모르겠다.

어쨌든 다 개새끼야. 날 이렇게 힘들게 했으니까. 아마 술을 마셔서 조금 더 용기가 났던 모양이고, 함부로 말해도 그러려니 하고 다 받아줄 것 같았던 모양이다. 나중에 들어보니 내가 기억하는 것보다 더 많이 저 말을 했고, 어찌 답해야 할 줄 몰라서 그냥 술이나 따라줬다고 한다.

사랑으로 시작해 이별로 끝장을 본 이성에 대한 과거 행적은 술상에 올라갔다 치면 단편적이고 일방적인 나의 시선으로 버무려지고 조리되어 '개새끼'라는 이름의, 맛대가리 없어 구석으로 팽개쳐놓은 안주 꼴이 되어버렸다. 나 하나 마음 편해지자고 내가 그렇게 참 못되게 말을 했었다.

술자리에서 하는 말은 술자리 안에서 끝날 거니까 나는 지금 이렇게 술을 마시는 동안에 너를 개새끼라고 부르지만, 집에 가는 길에서부터 너는 다시 그냥 헤어진 남자고 자고 일어나면 모르는 사람이 될 테니 조금만 참아라. 이런 가증스러운 생각을 가지고서 지 편한 방식으로 자위를 하는 나는 끝까지 내 이별 상대를 나쁜 놈으로 만들고 싶었는지 집에 갈 생각도 않고 취객들을 챙겨 보내고서야 아쉬운 듯 마지막으로 자리를 정리하고 일어섰다.

젊은 날에는 워낙 불타오르는 청춘인지라 다들 수시로 연애를 하고 수시로 이별을 하면서 엉망일 때가 많았다. 엉망인데 엉망인 줄도 모르고 구차한 감정을 볼모로 쏟아낼 수 있는 최대의 슬픔을 아낌없이 꺼내 놓고는 부끄러운 줄도 모르고 코가 벌게지도록 술을 마시며 울어댔다. 정말 그랬었다. 그렇게 울다 보면 내가 불쌍해서 개새끼가 한 번쯤은 들여다봐 줄까 싶은 마음도 있었을 테고. 내가 이렇게 찌질했었지. (당신들도 그랬을 거라고 생각한다.)

구체화되지 않은 파란만장한 삶을 꿈꾸던 20대 초반, 젊음 밖에 모르던 나이였고 꿈도 환상도 사랑도 모든 것이 끓는점을 넘어 대차게 들썩이던 시기라 그랬던지 이별이라는 전혀 반갑지 않은 결과로 얻은 비참함은 이루 말할 수 없었다. 곧 종말을 맞이할 사람처럼 울어대고 거침없이 절벽을 내달리는 야생마처럼 우악스럽게 술을 마셔대는 게 당연한 일이 될 수밖에 없었다.

술잔을 털어 마시며 젖혀진 고개를 따라 흐르는 눈물은 싸이월드 감성으로 번졌고 술에 취해 적어 내려간 일기장 몇 줄에는 포도알이 쌓였고, 매일같이 이별 감성팔이로 얻어낸 포도알로 홀로 남겨진 미니미의 방에 고독을 강조하는 창백한 벽지로 도배를 해주는 일은 그 와중에도 잊지 않았다. 비참함과는 별개의 일이었나 보다. 그렇게 닭똥 같은 눈물을 먹다 만 오뎅탕에 풍덩풍덩 내던지며 그 찰나의 슬픔을 시각적으로 미화시킴으로써 동정을 구걸하는 삶 역시 나뿐 아니라 당신들도 그랬을 거라고, 암묵적으로 분명히 공감하고 있으리라 생각한다.

10년도 더 된, 신입생 딱지를 갓 뗀 시절이었다. 술에 절여놓은 정신머리를 챙길 틈도 없이 홀린 듯 떠돌다 아무 건물 하나 골라잡고 계단에 주저앉아 나라 잃은 백성처럼 울어대던 애가 하나 있었다. 그 애의 이별 통곡은 작은 골목을 울림통 삼아 그 동네 바닥을 뒤흔들었고, 덕분에 우리는 예고 없이 자리를 떠난 그 친구를 쉽게 찾아낼 수밖에 없었다. 친구 녀석은 여지껏 그날의 소동을 정확하게 기억하지 못한다.

잊지 않고 만날 때마다 놀림거리가 될 법도 한데 우리는 유하게 그 사건을 흘려 넘겼다. 어렸을 때는 다 그렇지 뭐. 다른 사람들도 그랬을지는 모르겠지만, 우리는 그렇게 살았으니까. 나도 그랬고 얘도 그랬잖아. 결국 비슷한 경험을 하고 '입장 바꿔 생각하기'를 시전하는 배려 넘치는 '으른'의 말투였다. 속으로는 엄청 웃었을 거면서.

어찌 됐든 간에 결국 이별보다는 술 앞에서 나약한 인간들이 되어버렸지만 인정할 수 없는 취기 앞에서 괜한 오기 같은 걸 부리는 통에 우리는 더 악쓰며 위로를 요구하는 당사자를 위해 노래를 부르거나 질서 없이 거리를 활보했다. 어떻게 보면 이별의 상처를 이겨내자고 모여 마신 술에 꼼짝없이 당해 우리는 흐느적거리며 하수구 시궁창에 빠진 꼴을 했다. 그 우스운 꼴도 그 당시에는 뭐 그리 슬펐는지 모르겠다.

연애 실패자의 등짝에 오가는 수많은 손길의 횟수가 차츰 줄어들고 어느 정도 이별의 상처에 딱지가 지고 나면 과거 연애사를 싸그리 꿰차고 있는 지인들을 다시 불러 모아 마지막 한풀이라도 하듯 걔는 어땠지, 재는 어쨌지 하며 다시 개새끼를 찾아댔다. 다행히 흐를 눈물은 없어 그저 우리는 왈왈 짖어대기만 했다. 사실 한풀이라기보다는 개운하게 술을 마시고 개운하게 속을 게워내는 시기를 맞이하겠다는 마지막 발악 같은 거였다.

발악의 시작과 끝은 언제나 술과 개새끼가 있었지만 함께 짖을 친구도 있었다. 끝 맺음이라는 것에 서툴렀던 나이여서 우리는 서로에게 팔도 되고 다리도 되고 눈도 되고 술꼬장도 대신해주는 막역한 사이가 되어 되찾아야 할 평온과 안정을 위해 차려진 술상 앞에서 대신 술병을 얻어가는 일이 허다했다. 겉멋만 들었지 허접한 것 투성이였던 거다. 잊지도 못하고 잃지도, 놓지도 못하고 질척거리면서 사는 일에만 능숙했던 거다.

"그땐 너무 어려서 다 어색하고 어려워서 벌벌 떨었잖아. 잘하는 게 이상한 거야. 그땐 다들 그랬잖아. 야, 근데 헤어진 건 넌데 우리는 왜 그렇게 울고 술을 마셔댄 거냐. 의리 하나는 끝내줬네 정말."

우리의 철부지 과거를 요약이라도 해줄 듯 무리 중 한 명이 부산스러운 수다를 정리하는 진부한 멘트를 날리며 술잔을 들었다. 연애가 끝이 나면 세상이 끝날 줄 알았지만, 끝을 모르는 세상에서 우리는 서른을 훌쩍 넘겼고 결국 자기들 남편이나 남자 친구의 얄미운 점이나 끄집어내며 대화는 끝났다. 마지막 잔을 건배하고 우리는 자리에서 일어나기로 했다.

가게 문을 나서다가 친구 하나가 잊었던 말이 갑작스레 다시 떠올랐는지 다급하게 나를 세우고 잔뜩 찌푸린 미간으로 쏘아붙였다. "너 스무 살에 만났었던 걔 있잖아. 아무리 생각해도 걔는 진짜 개새끼였어."

재은

봄날의 철길을 따라 걸었다

어제는 거짓말처럼 기분이 너무 좋아서 너한테 연락하고 싶어졌다. 기분이 좋다고 말하곤 금세 덧붙였다. 근데 나 기분 좋다는 말 거의 한 적 없는 것 같다. 어, 그러게 너 잘 안 그러는데. 응, 내가 웬일로 기분이 다 좋고 그러냐. 그러게 이거 분명히 다 날씨 때문일 거야. 연락한 김에 모레 보자.

참 이상한 것이 내가 기분 좋다고 말한 게 언젠지 기억도 안 날 정돈데 이번엔 힘든 얘기 잘 안 하는 네가 외려 어려운 마음을 꺼낸다. 아무래도 나는 오늘 우울한 네 마음을 내일로 미룰 수가 없어서 아직 너보다 아끼지 않는 사람과의 약속을 깨고 너에게 퇴근했냐고 물었다. 소주를 탈탈 털어 넣고 서대문에서 서울역으로 걷는 동안 네가 좋아하는 철길 위로 기차가 지나간다. 사진 한 장 없는 우리를 위해 나는 이건 남겨야겠다고 생각한다.

내가 오래도록 멈춰서 장면과 소리를 담는 동안 말 없던 너에게 나는 말한다. 무궁화호였어. 응, 무궁화호네. 아까 철길을 가로막은 높은 담벼락을 곁에 두고 술을 마실 때 기차 소리에 집중하던 네가 저 소리는 무궁화호일 거라고 했는데 그 무궁화호가 말없이 지나가고 있었다.

나는 너를 따라 오늘 처음으로 서울 고가 위를 걸었다. 되게 기네. 되게 좋다. 야, 여기 봐. 걸으면서 저 아래가 다 보이게 해놨어. 안 돼, 나는 스무 살 넘어서 처음 바이킹 타봤거든. 근데 눈물이 막 쏟아져 나오는 거야. 그러니까 나는 그런 거 못 본다는 뜻이야.

빨리 와. 그런데 저기 좀 봐라. 오늘 달 예쁘다. 손톱달이네. 너는 내 달 얘기를 들은 체 만 체한다. 야, 이제 곧 남산타워 보인다. 취했나. 남산타워가 어디 보이는데. 미세먼지 때문에 그런가 왜 안 보이지. 취했네. 오늘 날씨 맑음이거든. 아냐 저기 보이잖아. 나는 네 남산타워 얘기를 들은 체 만 체한다. 네가 남산타워 타령을 하는 동안 고가도 끝이 나고 눈에 익은 곳에 도착했다.

아, 이거 회현동으로 이어지는구나. 조금 더 가면 명동

이잖아. 여기서 집 가는 버스 어디서 타냐. 시시콜콜 우리는 남산타워만 바라보면서 걸었다. 모르는 골목을 잘도 따라 꺾다가도 남산타워가 사라지면 그 골목에서 나와 다른 길로 들었다. 이제 더 못 걷겠다며 어디 좀 들어가자던 너와 말없이 너를 따라 걷던 나도 꼭 한 골목만 더 가면 우리가 좋아할 만한 식당이 나올 것 같아서 가까워지지 않는 남산타워를 향해 마냥 걸었다. 늘 그렇게 배회하다가 한 번도 가본 적 없는 곳에서 술을 마시곤 다시 돌아간 적은 없었다. 우리는 다른 건 몰라도 술집만큼은 꼭 취향이 잘 맞아서 결국 정면에는 남산타워가, 4시 방향에는 아까 그 손톱달이 머무르는 자리에 앉아 소주를 한 병 주문했다.

왜 술이 어떨 때는 쓰고 어떨 때는 시원하고 달고 그런 줄 알아? 그게 제조한 지 오래되면 소주 성분이 점점 변해서 써지는 거래. 그니까 장사가 잘되는 집은 술이 맛있고 장사가 안되면 그만큼 술까지 쓴 거야. 인생처럼 아이러니하게. 너는 이번엔 소주의 제조일자를 자세히 본다. 첫 번째 병보다는 오래되고 두 번째 병보다는 빠르네. 두 번째 거는 진짜 맛없었지. 우리는 입맛을 다신다.

앞으로 살면 인생의 절반 이상을 같이 보내려나. 절반이 뭐야. 4분의 3, 5분의 4는 될 걸? 그 정돈 안 될 거야.

느낌에 난 병으로 오래 못 살 것 같아. 그럼 너보단 내가 먼저 병들겠지. 난 술도 마시면 안 되는 건데. 나는 얼마 전 현대인의 수명이 130살 까지 늘어났다는 회사 동기의 말이 떠올라 기분이 묘했다. 우리가 상상할 수 있는 미래란 80살정도에서 끝나는데, 그 뒤에는 어떻게 되는 걸까. 병원 다니는 건 싫은데, 너랑 나는 언제까지 보게 될까. 설마 볼 수 없게 될 때까지 질리도록 보게 되는 건 아니겠지.

아, 밤새 놀고 그대로 회사에 출근해서 오후 반차 내고 집에 가면 좋겠다. 나처럼 해. 밤새 놀고 오전 반차 내고 오후에 회사 가. 근데 이제는 그런 거 같이 할 사람이 없다. 뭐, 이제는 잘 없지. 예전에 갑자기 부산 가야지 하고 아무 생각 없이 바로 내려가서 친구네서 아니, 심지어 친구네 할아버지 댁에서 자고 올라오면서 그런 생각이 들었어. 충동적일 수 있다는 것도 행운이구나. 아이스크림 먹고 싶다. 이따 가면서 사 먹자. 나는 시계를 힐끔거린다.

너는 묻는다. 나 이제 네가 싫어하는 거 안 하지? 어떤 거? 그냥 네가 전에 나랑 얘기하면 자존감이 떨어진다며. 아, 응. 그러고 보니 안 그러네. 좋은 사람이 되려고 노력 중이야. 좋아하는 사람들이 싫어하는 거 안 하고 싶어. 나도 있지, 전에는 좋은 사람들이 주변에 많기를 바랐는데 지금은 내가 더 좋은 사람이고 싶어. 다른 사람들이 나랑 있을 때 행복한 게 더 낫더라. 나이를 먹으면 그렇게 되나 봐. 응. 아마도.

우리는 곧 일어나 편의점에 들른다. 나는 사실 아이스크림 먹을 생각이 없고 네 것만 사주러 들어갔는데 너는 아이스크림을 먹자 하더니 따뜻한 커피를 하나 꺼내고 나를 기다리고 나는 카드를 꺼내고 너는 내게 왜 아이스크림 안 먹느냐고 묻는다. 그러고 보면 나 취하면 항상 부라보콘을 사 먹었는데, 그래서 아이스크림 먹고 싶다고 했구나. 너는 커피 마실 거면서.

우리는 투닥투닥 비탈을 내려가 여전히 복잡한 대로변을 걸었다. 남산 아래서 네가 너무 맛있다는 명란계란말이를 먹는 동안 입맛 떨어지게 오늘도 미운 말만 골라 해서 미안해. 헤어질 때 여전히 기분이 안 좋다는 네 말에 내 마음은 제조기한이 오래돼 너무 쓰게 변해버린 처음처럼만큼이나 쓰다 못해 쓰라려서 나는 너에게 도움이 안 되는 오늘의 나를 불행해하고 가방을 뒤져 아직 다 못 읽은 책을 억지로 네 손에 쥐였다. 이렇게 술 마시고 가방에서 무엇이든 꺼내 주는 버릇은 고쳐야 한다고 생각하면서도 오늘 나한테 책 한 권이 있어서 다행이다 싶었다.

나를 먼저 버스에 태워 보낸 네가 또 먼저 잘 가고 있냐고 물어주고 오늘 고맙다는 말을 덧붙일 때, 나는 이제 정말 죄지은 사람 같아서 이러려고 부른 게 아닌데, 내가 너무 미안하다고 속으로 중얼거린다. 나를 좋은 사람이 고프게 만드는 사람들아, 나는 오늘도 멋진 척하려다 말아먹었지만 재도전하겠습니다. 다음에 또 봐. 책은 다 읽고 돌려줘. 다음에도 철길 옆 아름답고 가까운 미근동에 가자. 서울 고가를 타고 네가 좋아하는 남산타워를 보자. 너 없는 곳에서라도 너한테 존댓말 쓰라는 말은 아마 못 지킬 것 같아.

너는 이제 택시 아저씨한테 오늘 못다 한 이야기를 하고 있다는데 그건 어차피 내 몫이 아닌 걸 나도 알지만, 혼자 집에 돌아와 보니 먼저 집 갈 걱정을 했던 게 후회되고, 마주 앉아 밤새 술 마시는 얘기를 하면서도 지금 몇 시지 묻던 내가 미워진다. 너는 택시에서 내렸는지 다시 나한테 묻기 시작한다. 응, 넌 좋은 사람이야. 난 안 좋으면 술 안 사. 그냥 상대적인 거지. 응, 잘 살고 있어. 하고 싶은 게 있고 좋아하는 사람들도 있고 사랑도 하고 있으면 엄청 잘하고 있는 거지. 나 원래 늦게 자잖아. 방해해도 돼. 기분 안 좋으면 그냥 얘기해.

현경

사랑할수록 조금씩 잃어버리는

영화 「소공녀」를 봤다.

"모델 이솜이 주인공으로 나오는데, 술과 담배만 있으면 된대요. 좋은 영화였어요." 하는 불친절한 추천을 듣고 보러 간 영화였다.

다른 이들의 집을 청소하면서 하루하루 살아가는 주인공은 나름대로 가계부도 써가며 월세, 세금, 약값을 모은다. 해가 바뀌면서 담뱃값이 4,500원으로 올랐고, 월세마저 5만 원 더 오르자 가계가 빠듯해진 주인공은 '집이 없으면 되겠다'는 생각을 한다. 그렇게 대학 시절 함께 밴드 활동을 하던 친구들의 집을 하나씩 찾아가는 게 전체적인 줄거리이다.

주인공은 집은 없어도 담배와 위스키는 끊을 수가 없다. '술과 담배 그리고 한솔이(남자 친구, 안재홍 분) 너만 있으면 된다.'는 주인공이다. 나이가 들어도 변변한 직업 하나 없고 이제는 집마저 없는 주인공을 '현실' 속 친구들은 반가워하기도, 철이 들지 않았다며 나무라기도, 고마워하기도, 불편해하기도 한다.

가장 기억에 남는 장면은 둘인데, 하나는 부잣집에 시집을 간 언니가 "너 아직도 술 마시고 담배 피우니? 집이 없을 정도로 가난한데 나라면 그것부터 끊겠다."라고 하면서 자기 집이 아무리 넓어도 누가 와 있으면 불편하다고 말하는 장면이다. 주인공은 이해하지 못하겠단 표정으로 "언니, 나 술 담배 사랑하는 거 알잖아."라고 말한다. 단칸방이라도 친구들이 놀러 와서 함께 술 마시고 자는 게 좋다고, 자신은 언니를 이해하지 못하겠다고 말한다. 나이를 먹은 친구들은 그런 주인공을 되레 이해하지 못한다. 이제 현실이란 게 있고 낭만에 젖어 밴드 활동을 하던 스무 살이 아니니까.

두 번째로 기억에 남는 장면은, 공장에서 일하며 번번이 웹툰 공모전에 떨어지기만 하는 주인공의 남자 친구가 외국으로 일을 하러 가겠다던 장면이다. 주인공과 함께 살 집을 마련할 보증금조차 없었던 남자 친구는 미안해하다가 2년 동안 외국에 일하러 갈 것이라 말했다. 딱 2년만, 2년만 떨어져 지내면 함께 살 수 있다고 말하는 남자 친구를 주인공은 이해하지 못하겠다는 텅 빈 눈으로 바라본다. 주인공은 지금이 너무 좋다고, 블로그에 나오는 맛집에 가지 못해도 길에서 핫도그를 사 먹고 걷기만 해도 좋다고 말하지만, 남자도 주인공을 이해하지 못한다.

친구들은 '좋은' 회사에 다니고 있거나 좋은 회사에 다니는 것이 꿈이다. 돈을 버는 족족 술값으로 다 써버리고 내일이 없다는 듯 술만 마시는 나를 친구들은 조금 다른 눈으로 본다. 분명 대학 때는 함께 술 마시기 좋은 친구였겠지만, 지금은 다른 세상에 살고 있다. 영화 속 만 이천 원짜리 위스키를 마시는 주인공을 향한 친구들의 차갑고 한심하다는 듯한 이해 없는 눈빛이 익숙했다.

그런 사실도 내가 선택한 삶이며 여전히 내가 사랑하는 것들이 존재하니 불편한 일은 아니지만, 영화 속 주인공처럼 "술과 담배, 그리고 너만 있으면 되는데?" 하는 생각은 언제나 사람들을 떠나게 했다. 그 생각 때문인지 혹은 다른 이유인지는 모르겠지만. 관계의 끝에는 항상 이런 말들이 나왔고 나는 상대를, 상대는 나를 이해하지 못했다.

내가 나를 줄 수 있다고 믿었던 사람들은 항상 내가 이해할 수 없는 이유로 내게 미안해하며 나를 떠나곤 했다. 나는 그것이 왜 미안한 일인지 몰라 텅 빈 눈으로 말도 없이 떠나는 모습을 지켜봤다. 매번 "그냥 네가 질려."라는 말이었으면 나았을 것 같다고 생각했다. 군대에 가는데 기다리게 하는 게 미안해서, 못난 자신이 미안해서, 멀리 있을 게 미안해서, 덜 좋아하는 게 미안해서, 직업이 없고 가난한 게 미안해서. 나는 그때마다 미안할 일이 아니라고 나는 상관없다고 말했지만 모두가 그런 말을 남기고 떠났다. 그 누군가도 불안한 삶과 불완전한 자신, 그런 것들이 곧 끝을 보게 할 거라며 미안하다 말했다.

주택 청약 대신 좋아하는 사람들과 술을 왕창 마시고, 4대 보험이 보장된 회사 컴퓨터 앞에 앉아 있는 대신 종일 담배를 태우고 사랑하는 사람과 마냥 걷고 싶은 내가 잘못된 걸까. 그런 생각을 한다.

하련

상실의 뒷모습

전하고자 했고, 있는 그대로 전해질 줄 알았던 내 마음이 오고 가는 술 한 잔 두 잔에 취해 비틀거렸다. 이도 저도 아닌 껄끄러운 이물감만 남아 단맛을 좇듯 혀만 날름거렸다.

늘 그랬다. 어쩌면 우리는 술을 마시고 격해진 감정을 무기 삼아 서로를 더욱 엉망으로 흔들어놓았을지도 모른다. 형태도 남김없이 믿음은 무너졌고 나는 너를 그리고 너는 나를 잃었다.

좋은 기억으로만 너를 추억하자고 했지만 너와 내가 우리가 되어 마주 앉아 부딪친 술잔의 횟수만큼 서로에게 던져왔던 화살을 견디고 버티며 살아온 건 아니었나 싫어서, 우리는 왜 서로에게 치유가 되어줄 수 없었는지 모르겠어서, 이미 떠나간 시간을 애써 되감아 보며 마시는 술잔에 비치는 건 주고받은 아픔뿐이었다.

잊자, 잊자 해도 술잔에 말라붙은 씁쓸한 거품이 아직 떠나가지 못한 우리의 유치한 추억 같고, 엄살떠는 아픔 같아서 혀끝으로 잔 끝자락을 핥다가 엉킨 팔에 얼굴을 묻고 울어버렸다.

우리가 다시 너와, 나 그렇게 둘로 갈라져 등을 돌린 채 서로의 반대 방향으로 걸어가야 했던 날. 멀어져야 했던 날. 떠오르지 않길 바랐는데, 어김없이 오늘도 기억은 찾아왔다.

내가 혼자 참 많이 취했다.

“그래서 나는 오늘도 또 취하고, 한참을 취하고 나서야 늦게
보고 싶다는 말을 짧게 남겨요.”

술자리 녹취록 #5

#서현동 | 맥주 | 친구
#당신의성격
#우리의케미
#당신의가벼운한마디

A 아까도 약간 셀프로 뭘 해 먹는 곳이어서, 뷔페식이어서.

B 반찬도 떠 오고.

A 나는 계속 앉아 있고, 둘이 약간 경쟁적으로.

B (재연함) 내가, 내가 떠올 거야. 넌 앉아 있어.

C 하하.

A 아잇, 네가 뭘 뜨러 가! 이러면서 둘이 약간 경쟁을 하는? 나는 내가 굳이 저기에 낄 필요 없겠다. 나는 이렇게 그냥 있고, 둘은 약간 챙겨줘야 되는 사람이 있다고 생각하면 맞춰주고 좀 이런 타입이라고 해야 되나? 평소에도 지내보면, 장단 잘 맞춰주고 개그하면 그쪽 코드에 잘 맞춰주고 이런 게 있는데. 나는 좀 안 그러잖아.

C 그치 A는…… 안 웃지.

A 좀 재미없으면 안 웃고 그냥 거기 안 가고.

C 맞아.

A 둘은 딴 데 가서도 재미를 잘 찾는데, 나는 잘 못 찾는 거 같아. 딱 안 맞으면. (……) 그래서 나는 내 시간에 맞춰서 변화하는 거 같고, 사람들에 맞춰서 성격이 변하는 게 아니라.

B　으으으으으음! 어, 이해했어, 지금.

C　어, 진짜. 나 이거 소름.

A　아, 이제 이해한 거구나?

B　아니, 그그그, 그 말이 맞는 거…….

C　진짜, 진짜, 진짜.

A　그니까 나는 내 위주로 변화해서, 어디 가서도.

C　아, 진짜 맞네.

A　뭐 설명하니까 되게 복잡하긴 한데.

C　아니 이해 가.

B　너는 (누구랑 있든) 자기 페이스대로 간 건데, 우리는 주변 페이스랑 같이 간 거잖아.

C　어어어어.

A　그래서 너희는 아까 이제 무리에 따라서 (성격이) 변한다고 생각하는 거고, 나는 본인 인생의 시간대에 따라서, 내가 변하는 거에 따라서 변하는 것뿐이라고 생각하는 거지.

B　이거 깨달았으니까 오늘 여기서 끝내도 된다, 진짜.

C　진짜, 끝내자.

A　(짝짝짝)

B　아, 그니까. 그니까 무슨 그 무슨 차인지 아리까리했는데, 지금 딱 알았어.

C　나도.

A　여태 나 혼자 떠들고 있었구나.

C　어어어. 딱 알았어.

A　나는 좀 내 위주로만 뭔가 하는 편이니까…….

A　아, 생각났어. 나 아까 얘기하려던 거. 그게 뭐냐면 아까 누가 얘기할 때 불현듯 떠올랐는데 다른 사람이 나를 어떻게 생각하느냐

에 따라서 내가 내 성격에 영향을 받는 게 되게 폭력이 될 수도 있다?

B 음.

A 예를 들면, '너 진짜 착해.' 이런 얘기하면 나쁘게 못 굴겠는 거?

B 으응. 이미 착한 사람이 되어버리는 거.

A 걔한테 '나 안 착해' 이렇게 말할 수도 있지만, 반복적으로 그런 얘기를 듣다 보면 그거를 벗어날 수 없게 되는 거야. 생각보다 그 선 밖으로 나가는 게.

B 어려워.

A 그러니까 문제는 내가 나를 표현하지 않는 게 아니라 어쩌면 누가 나한테 이미 틀을 주고, 자기도 모르게 폭력을 가하는 거지.

C 그런 것도 있는 것 같아.

A 내가 극복해야 되는 것만이 문제가 아니라 나 혼자 어떻게 할 수 없는 문제일 수도 있는 거지.

B 그게 되게 무서운 게, 의식하지 못하는 순간에 벌어지잖아. 나도 되게 일상적인 폭력을 저지르고, 일상적인 폭력을 당하고.

A 나도 모르는 새에 그러는 거지.

C 혈액형도 그런 것 같애. A형이라 그러면 소심해, 소심해 이러니까 나 소심해지고.

A 우리가 C한테 얘 쿨하잖아.

B 밝고 활발하고.

A 그러면 얘는 자기 우울한 면을 보여주면 사람들이 거부감을 느낄까 봐 (걱정을 하고). B도 네가 조금 다른 모습을 보였더니 사람들이 당황했다고 그랬잖아. 그런 반응을 보면 내가 나이기가 조금 어려워지는 거야.

C 맞습니다.

B 남을 규정하는 거에 있어서 예민하게 받아들여야 하는 것 같아.

A 프로불편러.

B 응. 조금 재수 없긴 하지만 조금 깨어있는 느낌.

A 예민한 게 나쁜 것처럼 느껴지기도 하는데.

B 뭐든지 당연하게 생각하지 않는 거지.

A 애정을 받더라도 너무 당연하게 생각하면 안 되는 것처럼.

C 인생 강의…….

B 하하하. 아까도 말했지만 첫인상? 관련된 편견도 좀 있고.

A 너는 좀 깨려고 분투하는 것도 있겠다.

B 그것도 내 일부니까 그럴 수도 있는데, 첫인상만 보고 '넌 이미 이럴 거야.' 정해버렸는데, 내가 설득을 해야만 하는 거잖아. 난 아무것도 안 했는데. 그래서 일부러 좀 더 망가지고, 깍쟁이 아닌 척. 털털하고 내숭 없고 가식적이지 않은 애라는 건 뭔가 어필해주지 않으면 (안 되니까).

A 뭔가 좀 다른 얘기네. '규정돼 버렸어.'가 아니라 깨려고.

B 그니까 깨려고 왜 노력해야 되느냐. 내가 규정되어 버렸기 때문에? 깨려고 자꾸 하는 거지.

A 그 사람은 근데 일부러 그러는 거 아니고.

C 그냥 일상적으로 말한 거지.

A 자기도 모르게 너한테.

C 폭력적으로.

B 옥죄어 오는 느낌.

A (C를 보며) 너도 사실 별로 안 쿨해 보여.

C 으하하하.

B 근데 듣다 보니까 C가 어떤 스타일인지 이제 좀 알 거 같애.

A 진짜 대화하는 게 중요한 거 같아. 얘도 오늘 많이 표현을 한 거

고.

B 되게 용기 있어야 되는 거잖아. 사실. 그런 내가 이런 사람이다.

A 남한테 표현하는 게 쉬운 일은 아닌 거 같애. 나 이런 사람이라고 딱 얘기하는 게 어려운 거.

C 올해를 시작하면서 이렇게 훈훈하게…… 해소하는 시간?

ABC 하하하하.

. . .

"마지막으로
딱 한 병만 마시자."

하련

얼굴들

그 한여름에 목이 말라 나 죽는다며 박스로 쌓여 있던 백세주를 하나 꺼내 병째 들고 꿀꺽 마시던 얼굴. 맥주잔에 빨대 네 개를 꽂아 꼴깍꼴깍 마시던 얼굴. 해가 쨍한 봄날 노천극장에 앉아 캔 맥주를 마시다 김광석의 「잊어야 한다는 마음으로」를 부르던 얼굴.

위미항 회센터에서 떠온 부시리와 함께 마신 청하에 흠뻑 취해 김일두의 노래 「해당화」를 부르던 얼굴. "네가 좋아하는 홍어 많이 먹어라."라는 말과 함께 잔을 내밀던 얼굴. 와인 두 병을 비우고서도 아쉬웠던지 "한 병 더 마실까?" 묻던 얼굴.

혼자 찾아간 부산 어느 국밥집에서 주문한 소주병을 내

밀며 "아가씨 어디서 왔어?" 묻던 얼굴. 이 좋은 안주를 두고 술을 어떻게 먹지 않을 수가 있냐며 황급히 소주를 주문하던 얼굴. 비가 오니 감자전에 막걸리를 마시자며 가던 길을 멈추고 애원하던 얼굴.

"안녕하세요. 저도 술 좋아해요." 다짜고짜 인사하던 낯선 얼굴. 간신히 아이를 재우고 테이블도 없이 바닥에 주저앉아 목소리를 낮추고 맥주를 마시던 부부의 얼굴. 순댓국을 말끔하게 비우며 소주를 마시는 나에게 "이래서 네가 좋다." 말하던 얼굴. 내가 애 많이 좋아했었지. 감당 못 할 말을 뱉던 술 취한 얼굴.

"아니, 컵이 가벼워 보이길래."라며 들고 있던 빈 종이컵에 와인을 따라주던 얼굴. "뭐해? 자? 안 자면 술 먹자." 늦은 밤 전화 받고 잠옷 바람 채로 찾아간 곳에서 이미 혼자 취해 졸린 눈으로 나에게 손을 흔들던 얼굴. "나, 이제 더는 못 마시겠어." 손가락에 간신히 걸치고 있던 소주잔을 거칠게 내려놓으며 눈을 감던 얼굴. "우리, 어색하니까 맥주 한잔해요."

갈피를 못 잡은 눈동자로 메뉴판을 훑어 내려가던 얼굴. 구름 한 점 없이 맑은 날 어둠이 찾아오고 처마 밑으로 쏟아지는 풀 내음에 마음이 콩닥거린다며 오늘은 술을 잘 먹을 수 있을 것 같다며 때 아닌 과음을 다짐하던 얼굴.

재은

당신의 얼굴을 천천히 보았다

글을 쓰다가 문득 이 책을 기획한 현경에게 고맙다는 말을 먼저 하고 싶어졌다. 시시껄렁한 감정의 찰나는 곧잘 잡아채 그럴듯한 말은 금방 지어내면서도 막상 시간을 내 글을 쓰기로 정하고 나서는 모든 문장이 헛돌았다. 노트북 앞에 한참을 앉아 멀거니 화면만 바라보다가 숱한 밤을 줄 세우곤 했다. 순진한 표정을 하고선 나를 재촉하듯 커서가 껌벅거리는 화면을 들여다보고 있으면 나는 그 하얀 정적을 견디지 못하고 창을 닫아버렸다. 손톱을 깨물고 입술을 물어뜯고 허기진 마음 대신 입으로 무엇이든 구겨 넣었다. 나는 정말 솔직하지 못해서 무얼 쓸까 고민하는 그 정직한 순간들 앞에 시선 가눌 줄을 몰랐다. 다만 오늘 우연히 마주친, 다정스럽고 문장이 폭신한 사람의 글을 읽은 덕분에 여태 써둔 글을 쉼표 하나하나 다시 꺾고 싶어져서 열을 올리는 지금을 마주하게 해준 당신이 고맙다.

술에 대한 글을 쓰자는 제안을 받은 건 4월이 시작될 무렵이었다. 현경과는 술자리에서 처음 만났다. 우리는 9시부터 시작된 술자리가 자정이 될 즈음에야 첫인사를 나눴다. 나는 그를 전부터 알고 있었는데, 한 책방 사장님이 둘이 만나면 잘 맞을 것 같다고 반년 전쯤 지나가듯 한 이야기를 그때 기억해냈다. 현경에게 얘기하니 아마 좋은 뜻은 아니었을 거라고 말했다. 새벽에 술자리에서 만났으니 좋은 뜻인 것 같은데, 좋은 뜻이 아닌 것 같기도, 어쩌면 둘 다 맞는 것도 같고. 나는 술자리에서 만난 사람과 술로 글을 쓰다니! 까지만 생각하고 두말할 것 없이 제안을 수락했다.

나에게는 그날 현경뿐 아니라 마주치는 얼굴 전부가 처음이었다. 그러니 나는 다른 이들에게도 단지 모르는 이름일 뿐이어서, 그날따라 시원하고 달게만 들어가던 소주가 아니었다면 금세 도망치듯 나왔지 싶다. 넉살 좋은 목소리를 해가며 웃던 시간이 꼭 대학 새내기 뒤풀이 하던 때로 돌아간 듯 이상한 향수가 돋아 일어나기 싫었던 것도 같다. 어쨌든 우리가 모르는 얼굴들에 이유 없이 살갑기는 이제 잘 없는 일이니까.

현경을 만난 술집에서 나왔을 땐 이미 새벽 2시쯤이었다. 다만 일행의 신발이 없어져 보안카메라를 돌려보는 등 한창 해프닝이 벌어져서 우리는 밖에 옹기종기 모여 시시껄렁한 이야기나 하고 있었다. 그런데 이 해프닝이라는 게 경찰까지 등장하고 좀처럼 끝날 기미가 보이지 않자 현경은 미리 역 근처로 걸어간 이들을 찾으러 가겠다고 했고, 나는 그 혼자 보내기가 마음에 걸려 따라나섰다. 그때부터 부슬비를 맞으며 합정동과 홍대 사이를 한 시간 정도 정처 없이 걸었다. 이상한 클럽에 들어갔다가 도망치듯 나오고, 책방 앞을 지나며 우리는 이런 곳에 모여 있어야 하는 것 아니냐는 실없는 소릴 하고, 한두 번쯤 무단횡단을 했다.

무단횡단을 한 기억은 유난히 선명한데, 가볍게 취해 유난스러워진 마음이 그때 조금 가라앉은 것 같아 그런가 싶다. 빌딩으로 가득 찬 도시에 위축되어 지내다 보면 탁 트인 공간이 그리워진다. 가리워진 너머가 간절해질 때쯤 신호등을 줄줄 외울 수 있는 집으로 가는 길에 무단횡단을 한다. 저 끝까지 쭉 뻗은 한적한 도로를 마주하면 가슴 속까지 시원한 바람이 드는 것만 같아서 나는 종종 차가 다니지 않는 새벽에 중앙선을 밟고 답답하게 비틀린 마음의 균형을 잡았다. 나쁜 짓을 하면서도 가슴이 설렘으로 부풀어 꼭 좋은 사람이 될 수 있을 것만 같았다.

다만 그날 그렇게 무단횡단을 해가며 걷던 그 갈피 없는 걸음들 속에서 나는 오늘 처음 본 사람들이 그리워졌다. 가늠할 수 없는 곳에 오늘의 시간이 버려질까 걱정을 하고 있었다. 신발 소동을 마무리 짓고 우동 한 그릇 하러 간다던 그들에게 전화가 왔을 때부터 마음이 자꾸 걸음마다 작은 돌부리에 채여 덜컹거렸다. 내가 전화를 걸어도 되는 걸까 싶다가도 지금이 아니면 언제? 나는 그만 이름 모르는 사람들이 보고 싶어져서 전화를 걸었다.

함께 있던 다른 이들은 집으로 향했고 나와 현경은 역 앞에 있다던 우동집을 찾아갔다. 가게에 유일한 손님이었던 그들을 창문 너머로 쉽게 알아볼 수 있었다. 김이 모락모락 오르는 우동으로 속을 풀고 있을 줄 알았던 그들은 이제는 식어버린 우동과 닭발에 소주를 마시고 있었다. 나는 왠지 모르게 그 모습이 또 좋아져 입가에 슬쩍 미소를 걸고 가게 문을 밀었다. 술을 마시면 정말 어쩌지 못하게 되는 것들이 있다. 좋아하는 걸 좋아한다고 표현하지 않는 일이 견디기 힘들어지고, 좋아하는 걸 좋아하지 않는다고 말하기가 어려워진다. 싫어하는 것도 싫어하지 않는다고 말하기가 어려워지긴 할 텐데, 어쨌든 술을 마시고 취하면 싫어하는 게 별로 없어져서 그 부분은 잘 모르겠다.

나는 그렇게 사랑이 넘치게 되어서 술에 취해 집에 돌아가는 길엔 늘 불특정 소수에게 연락을 하곤 응답 없는 그들에게 '보ㄱㅗ시파'라거나 '내가너를ㄹ어마나ㅈㅎ아하는지 아냐'며 문자를 남기거나 쓸데없는 고백들로 가득 찬 음성메시지를 보내놓는다. 그날 나는 모르는 얼굴들 사이에 앉아 꼭 그런 마음이었다. 우리는 이름 모르는 사람을 상처 줄 수 없어서, 내 안의 그 어떤 것도 망가지지 않은 밤이었다. 내 이름이 어떻게 들릴까 걱정하지 않아도 되는 곳에서 나는 아마도 마음껏 따뜻하고 유쾌한 사람이었을 것이다.

가끔은 손을, 단단하게 쥐어둔 손바닥을 열어 톡, 손가락으로 당신 어깨를 두드리면 우리는 금세 서로에게 소중해진다. 다만 둥그렇게 말아 쥔 마음을 쉽게 펼쳐 보여주기가 어려워서 우리는 가끔 술의 힘을 빌린다. 길고도 짧았던 아홉 시간이 지나 새벽 6시가 되어서야 나는 낮과 밤이 반대인 사람들이 뒤섞인 지하철에 올라탔다.

한동안 술을 피했다. 치과에서 신경치료를 해야 할지도 모른다는 사형선고 같은 이야기를 들은 탓이다. 신경치료 시뮬레이션 영상을 멍하니 바라보며 나는 본능적으로 만약 내가 신경치료를 하게 된다면 돌아올 수 없는 강을 건너게 되리라는 걸 깨달았다. 예를 들어 내게 과거로 돌아갈 수 있는 기회를 준다고 해도 나는 절대 수능 이전으로는 돌아가지 않을 것이다. 하지만 신경치료를 하게 된다면 그 기준이 수능에서 신경치료를 받은 시점으로 바뀔 것 같다는 어떤 확신이 들었다. 물론 나는 지금 사랑하는 사람들이 없는 삶은 상상도 할 수 없어서 과거로 돌아가고 싶은 마음은 없다. 이제는 이들이 없는 곳에서는 살 수가 없으니까. 누군가 생에 들어올 때마다, 더욱.

경과를 보고 결정하자는 말에 신경치료 따위 평생 안 받고 싶어서 치료받는 동안 신경치료 안 받게 해주시면 다시는 불량식품 안 먹겠다고 내내 기도했다. 잘하면 신경치료 안 해도 될 것 같다고 다음 주에 보자던 의사 선생님 말을 듣고는 커피도 술도 멀리하기로 했고 이도 팔이 아플 때까지 닦았다. 본의 아니게 술을 그리워하며 술에 대한 글을 썼다. 술로 만난 사람과 술에 대한 책을 만들고, 금주 중에 취한 기억들을 되짚는 아이러니가 즐겁다고 생각했는데, 여기부터는 다시 술을 마시고 쓰는 글이 됐습니다. 다만 그때의 이름 모르던 사람들을 다시 만나 얼굴을 제대로 마주하게 된 자리였으니까, 하고 핑계를 대본다. 물론 그때도 얼굴과 이름은 알았지만 공허한 이름 몇 자를 기억하는 건 아무것도 아니라는 사실을 이미 지난 시간들에서 무수히 마주했다. 다시 만날 약속을 하지 않은 사람들에겐 영영 처음도 없고 끝도 없는 셈이니까.

언젠가부터 주변 사람들의 얼굴을 제대로 보지 못한 채 살고 있었다. 마주 앉아 눈을 똑바로 바라보기가 힘들었다. 자신이 없었다. 나의 진심을 다루기가 어려웠고 누군가를 좋아할 수 없다고 믿었다. 나는 한참을, 다른 사람을 위해 뜨겁기가 싫었다. 관계라는 게 꼭 신기루 같아서 마음껏 좋아하는 것만으로는 선명해지지 않는 것 같았다. 누군가 인생에 부딪혀오고 서로를 기억한다는 게 참 무거운 일이라 꽤 오랜 시간을 버티듯 살았다. 다만 왜인지 그날 이후의 나는 조금 숨이 트여서, 어렵게만 생각했던 당신들의 얼굴을 천천히 들여다보기 시작했다.

취하지
않고서야

초판 1쇄 발행 2018년 10월 5일
초판 2쇄 발행 2018년 10월 22일

지은이 김현경 장하련 재은
펴낸이 김상흔

책임편집 김상흔
디자인 김현경 이승은
일러스트 혁구

펴낸곳 도서출판 흔
출판등록 2018년 5월 16일 제406-2018-000055호
주소 경기도 파주시 문발동 620-13 202호
전화 010-4765-1556
이메일 tkdgms17@naver.com
종이 ㈜한솔피앤에스 **출력·인쇄** ㈜갑우문화사

ISBN 979-11-963945-2-3 (03810)

• 책값은 뒤표지에 있습니다.
• 파본은 구입하신 서점에서 교환해드립니다.

• 이 도서의 국립중앙도서관 출판예정도서목록(CIP)은 서지정보유통지원시스템 홈페이지 (http://seoji.nl.go.kr)와 국가자료공동목록시스템(http://www.nl.go.kr/kolisnet)에서 이용하실 수 있습니다. (CIP제어번호: CIP2018030594)